一個明亮的人，如何能理解黑暗？

KAFFEE
UND
ZIGARETTEN

《罪行》德國律師的思索

費迪南．馮．席拉赫——著
Ferdinand von Schirach
姬健梅——譯

推薦序

在黑暗的盡頭，是否終能看見光亮？

蔡慶樺

法蘭克福大學有個傳統，該校之創立來自市民捐款，因此也將自己定位為不只是高等教研機構，還是屬於全體市民的大學。多年來該校與市政府合辦「市民大學」系列講座，邀請多位學者及作家對全民演講。我參加過幾年主題為「我們如何成為我們所是」（Wie wir wurden, wer wir sind）的系列講座，講者介紹影響德國社會及文化的重要人物之生平與思想，如何影響德國人成為今日的樣子，包括抗議歌手、參與「德國之秋」的左翼恐怖分子、學運領袖、文學家、電影導演、藝術家、學者、服裝設計師，甚至情趣用品商店創辦者等。

讀這本德國知名律師馮·席拉赫的文集時，我一直想到曾經參加過的那些講座，那些在歷史中留下足跡，並左右其同代人的自我認同或者政治信念的人們；那些「陰暗與明亮」的人們，自身也決定了其國家與民族的陰暗與明亮。我不記得我參加過的講座裡有法律人，也許未來可以把馮·席拉赫放到這個主題中，從他的作品裡探討德國人如何成為今日之所是。馮・席拉赫的重要性不在其法律見解或文筆（但無可否認，其優美簡練、節奏鮮明的德文寫作方式確顯其寫作才能），而是他在本書中寫下的這個問題：「我年輕時覺得最重要的一個問題是：什麼是『惡』？」

什麼是惡？德國思想史一直試著為這問題找到答案，例如康德在〈論人性中的根本惡〉論文中，便點出人類天性中的「為惡的傾向」；一九四五年後，這更已不是德國人可以擱下的問題，後世德國人之認同形成過程，有義務思考納粹與大屠殺歷史，也包括探問惡的現象與本質。而我讀過的馮・席拉赫所有作品，都在試圖定義惡，以及人在脆弱與死亡中如何面對惡。這本書，看似隨筆，卻是在散文的文體中同樣承擔起這樣的義務，問了所有德國人都應該問的問題。

例如寫其祖父，一位曾行不義（與不法）的納粹高官；例如寫那些為赤軍團左翼恐怖分子辯護，甚至參與其中的法律人；例如寫聯邦共和國成立前、《基本法》廢除死刑前最後一件判死的犯行；例如寫倖存於大屠殺的諾貝爾文學獎得主因惹・卡爾特斯，十六歲時便認為「我已經活過了這一生的所有瞬間。人生已經結束了，而我還在」；他也書寫自己的憂鬱與年少時自殺的欲望……。這本書從對他人可能是不起眼的小事來討論善與惡，以及許多難以抉擇及面對的生命困境。他寫的是自己的歷史，但也是一整代人的故事，有時帶著憤怒、有時帶著羞愧、有時是懷疑，但也時有神來一筆的幽默。

在閱讀這本書的時刻，德國哈瑙（Hanau）發生了極右派激進分子持槍射殺多名無辜者的事件，這不是單一事件，這些年來世界的黑暗似有逐漸壓過光明之勢。如何面對黑暗，護存明亮？我沒有完美的答案，但也許本書的一個故事，是一個線索。馮．席拉赫少年時期就讀的寄宿學校中，教授他拉丁文與希臘文的神父，在面對因無知而殘殺動物、既疲倦又羞愧的少年時說：「一個人只需要三種品德：勇敢、堅強和溫柔——勇敢地動手去做，堅強地忍受失敗，並且溫柔地對待別人。」一個明亮的人，如何能理解黑暗？或者，如何避免走入黑暗？我們需要更勇敢、更堅強、也更溫柔，這本書正是起點。

（本文作者為作家，著有《爭論中的德國》和《美茵河畔思索德國》等）

推薦序

每個人都值得被凝視

神奇海獅

一聽到是馮．席拉赫的新書，我毫不猶豫就點頭答應寫了推薦文。我到現在都還記得當時在看他的作品《可侵犯的尊嚴》時，所引發的真實生理反應——呼吸紊亂、頭暈目眩。我至今難忘裡面有一個關於作者本身的真實故事，原來他小時候就讀一間寄宿制的耶穌會學校，那時有一位慈祥的教士在某些機緣巧合下摸了摸他的頭。幾年後他長大了，聽到那名教士性侵男幼童的新聞。

從此以後，他的記憶就再也不一樣了。

很難想像作者經歷的那種認知震撼：突然間只發生了一件事，就讓他的記憶整個崩塌。記憶是相同的、景物是相同的，但是意義卻變得完全不一樣了。也許就是因為如此，作者一直很避談自己的私人生活。身為全德國最知名的作家之一，馮．席拉赫的生活卻神祕得不成比例：只知道他是執業律師、爺爺是知名的納粹黨政人士、他喜歡散步和城市迷走。不過根據德國媒體宣傳，這本《一個明亮的人，如何能理解黑暗？》（德文書名直譯是《咖啡與菸》）就是作者所寫過，最觸及自身的一本書。

事實上，這本書的德文原名取為《咖啡與菸》是有原因的。這起源於二〇〇三年導演吉姆·賈木許（Jim Jarmusch）拍攝過的一系列同名迷你影集，在這十一集裡，各角色一邊享用著咖啡與菸，一邊天南地北地聊著天。聊天內容從醫學知識、健康飲食、對生活的迷戀、快樂，與對生活的沉迷，應有盡有。整部影集的主題就在於兩個背景天差地別的人，卻可以進行深入且發人深省的交談。所以在看這本書時你會有種感覺，就好像馮·席拉赫本人坐在你的對面，一邊享用著美好的咖啡與抽著菸，接著他就會告訴你關於他自己，或是他見過的，許許多多人的故事——

在十五歲時，他曾經試圖自殺過。

在本書四十八個小故事裡，開篇講的就是童年創傷，作者用自己一貫、如律師陳述案情般的極簡筆調來描述這段過往。文章中很少描述角色的心境，也沒有大聲嘶吼，但卻用細緻的景物描述，來替代角色自己的內心轉折——他被帶離了充滿中國藝品、絲綢壁紙的家中，司機開著車一路駛過村莊和空曠的野地，一路往下深入黑森林，來到了一所由耶穌會教士所辦的寄宿學校。「校地位在一處幽暗窄仄的黑森林山谷，冬天長達六個月，距離附近較大的市鎮很遙遠。」

而那年，他未滿十歲。

寄宿學校起初禁止家長前來探望，只有在寒暑假時才能回家，每個星期也只准打電話給爸媽一次。直到學生十三歲時才終於放寬規定，允許每隔三週回家一次。十五歲時他接到父親過世的消息，而他卻發現自己根本不認識父親——父母早在他還小時就已經離異，旁人口中父親的一生、棺木旁的相片，對他都像是一個陌生人。

幾個月後，他不得不用克萊斯特（德國著名文學家）的文章與威士忌麻痺自己，最後他帶著霰彈槍走到父親種的那棵榆樹下，將槍管伸進口中扣下扳機——不過最後他沒有死，因為他實在太醉，忘了在槍裡放子彈。

就因為這樣的故事背景實在跟作者太像，像是耶穌會寄宿制學校、慕尼黑的家，以至於德國的媒體發出了這樣的疑問：這篇故事講的究竟是不是作者本人？

但其實這個問題的答案也不重要，因為在這四十八個小故事裡，都凝聚著作者自身幸福、悲痛、孤寂的短暫瞬間，每個人都會從某些地方拼湊出自己。像我，在十二歲時也被送到北部的寄宿中學去，雖然不至於像故事的主角一樣那麼絕望，但第一次躺在宿舍堅硬的木板床上，我也是整整哭了一整個夜晚。

但作者畢竟是個溫柔的人，故事裡總還有些光明值得我們去期待。他談到古波斯帝國的居魯士大帝在三千年前就宣稱人有選擇宗教信仰的自由，儘管出身不同，每個人都應該受到同等的對待，這是人類歷史的頭一遭；他也談到《德國基本法》第一條的「人之尊嚴」，這是啟蒙時期的偉大理念，能夠化解仇恨和愚蠢；他也提到透過法律與文明，人之所以為人的原因：隨著文明與社會意識發展，沒有任何證據表明，我們不會走上原始弱肉強食、適者生存的叢林法則——

我們為自己制訂了法律，建立不偏好強者，而是保護弱者的道德規範。這就是使我們身而為人的最高意涵：對他人的尊重。

（本文作者為作家，著有《海獅說歐洲趣史》和《我是留德華》）

目次

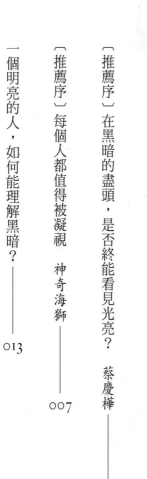

森林又暗又深又迷人，
但是我已有約在先，
還要趕許多路才能安眠，
還要趕許多路才能安眠。

——羅伯・佛洛斯特（Robert Frost）

I

夏季裡，他每天都待在池塘邊。他坐在通往池中小島的中式拱橋上，橋下長著睡蓮和黃菖蒲，有時他會看見鯉魚、歐鯿和丁鱖。有著巨大複眼的蜻蜓在他面前停在半空中，獵犬張嘴去咬，但是從來也咬不到。他父親說蜻蜓會變魔術，但是那些神奇的事太過微小，人類的眼睛無法看見。另一個世界要在那排老栗樹和庭園的石牆後面才會展開。並沒有快樂的童年，事情太過複雜，但日後他將永遠記得當年悠長的時光。

他們一家人從來不去度假。一年當中的盛事是聖誕節那幾天，連同節前長達四週的待降節期，還有夏季帶著獵狗騎馬獵狐和秋季的大型圍獵，圍獵者聚在狩獵屋的內院吃大鍋菜，喝啤酒和藥酒。

偶爾會有親戚來訪。一個阿姨身上帶有鈴蘭的香氣，另一個阿姨帶著汗味和薰衣草的氣味。她們用蒼老的手撫摸他的頭髮，他得要鞠躬敬禮並且親吻她們的手。他不喜歡她們碰觸他，在她們聊天時也不想在場。

快滿十歲時，他進了一所由耶穌會教士所辦的寄宿學校。校地位在一處幽暗窄仄的黑森林山谷，冬天長達六個月，距離附近較大的市鎮很遙遠。司機把他從家裡帶走，離開那些中國藝品、彩繪絲綢壁紙和繡著五彩鸚鵡的窗簾。他們駛過村莊和空曠的野地，經過湖泊，一路往下，深入黑森林。當他們抵達，校區教堂的巨大圓頂、那些巴洛克式建築和神父的黑色長袍令他心生畏懼。他的床位在一間大寢室裡，另外還有三十張床；盥洗室中，吊掛在牆上的洗手盆一字排開，只有冷水。在第一天夜裡，他以為燈光很快就會再度亮起，會有人對他說：「你剛才很勇敢，現在事情結束了，你可以回家了。」

他適應了那所寄宿學校，因為小孩子幾乎能適應任何事。但他認為他並不屬於那裡，那裡少了點什麼，某種他無以名之的東西。他從前生活的世界裡那片深深淺淺的綠色漸漸消失，他腦中的顏色起了變化。那時他還不知道他的大腦會把各種知覺「錯誤地」互相連結，以為其他小孩看見的和他一樣；要到很久以後他才學到**聯覺**[1]這個名詞。他寫了詩來描述這些顏色，有一次他把這些詩拿給教德文的神父看，結果那位老人家打電話給他母親，說這個孩子「有點問題」。這件事最後不了了之。老師把那幾首詩發還給他時，只用紅筆在上面標出了拼寫錯誤。

他父親在他十五歲時身故。在那之前，他已經很多年沒見到父親了。他的父母早已離異。父親會寄明信片到寄宿學校來，上面是盧加諾、巴黎和里斯本的街景。一次，有一張明信片寄自馬尼拉，一個身穿淺色麻料西裝的男子站在白色的馬拉坎南宮前面。他想像他父親的模樣就像這個男子。

校長給了他車錢，讓他搭火車回家。他沒有攜帶行李，因為想不出該帶些什麼。他就只帶了一本書，夾在書頁間的書籤是那張寄自馬尼拉的明信片。旅途中

1 「聯覺」是兩種感覺（聽覺、視覺、觸覺……）自動相伴而生的一種現象，例如看見某個字母就會同時看見某種顏色，或是看見某種顏色就會同時聽見某個頻率的聲音。據科學家推測，大約有百分之四的人具有不同種類的聯覺。本書所有注釋，皆為譯者所注。

他試圖牢牢記住每一座車站、從窗前掠過的每一棵樹，以及在他那節車廂裡的每一個人。他深信如果他不再記得，一切就都會煙消雲散。

他獨自去參加葬禮，家裡的司機載他到慕尼黑的墓園教堂。他聆聽那些悼詞，關於一個奇怪的陌生人，談到他的飲酒過量、他的風采和他的失敗。他不認得坐在第一排的新任妻子。她戴著黑色蕾絲的長手套，他只看見面紗下她搽了脣膏的紅脣。棺木旁豎立著一張放大的相片，但是相片上的人看起來不像他父親。一個他只見過兩次的伯伯擁抱了他，親吻他的前額，說他「受到了賜福」。他感到不自在，但還是面帶微笑，有禮貌地答話。稍後，在墓園小徑，陽光反射在磨亮的棺木上。由於前一夜下了雨，他撒進墳中的泥土溼溼的，泥土黏在他手上，而他沒有手帕來把泥土擦掉。

秋假在幾週之後展開。他坐在家中門廳的壁爐旁，名叫「莎士比亞」和「威士忌」的兩條狗趴在他面前。忽然間，所有的聲響——他外婆在極遠處和女管家說話的聲音、司機駕車在屋前轉彎時輪胎所發出的聲音、一隻松鴉的啼叫和落地大鐘的滴答聲，在他耳中都一樣大聲。他茶杯裡的油光、淺綠色沙發的纖維和陽光裡的塵埃，每一個細節此刻在他眼中都異常清晰。他感到害怕，好幾分鐘無法動彈。

等到他又能夠平靜地呼吸，他上樓到圖書室去找他曾經讀過的一篇文章。一八一一年十一月二十日，海因里希・馮・克萊斯特[2]和一個罹患癌症的女性友人搭車前往柏林近郊的小萬湖，兩個人都想尋死。他們在一間樸素的旅店過夜，寫訣別書直到清晨。克萊斯特寫了一封信給他同父異母的姊姊，結尾在日期那一行寫著：「於波茨坦之史提明斯旅店，在我死亡當日清晨。」次日下午，他們叫了咖啡，讓店主替他們把椅子搬到戶外。克萊斯特先對著友人的胸部開槍，再把子彈射進自己嘴裡，他知道對著太陽穴開槍太不可靠。死前不久，克萊斯特寫道他「心滿意足」。

他等到大家都上床睡覺，然後走到吧台，在一張單人沙發上坐下，有計畫

2 海因里希・馮・克萊斯特（Heinrich von Kleist, 1777-1811），德國詩人、劇作家及小說家，出身古老的貴族世家，其作品在他逝世數十年後才得到肯定，如今德國著名的「克萊斯特文學獎」就是以他為名。

地一小口一小口喝下一瓶半的威士忌。等他想要站起來，他一個踉蹌，掀翻了一張小桌子，那些水晶玻璃瓶倒在地上。他愣愣地看著那片深色汙漬漸漸擴大。在地下室裡，他打開武器櫃，拿出一把霰彈槍，走出屋子，沒有把門關上。他走到他出生時父親種下的那棵榆樹旁，坐在地上，背倚著光滑的樹幹。從這個位置，他在晨光中看見了那棟有著露天台階和白色列柱的老屋，圓形花壇裡的草地剛剛修剪過，空氣中有青草和雨水的氣味。他父親曾說自己當年在這棵榆樹下埋了一塊非洲產的金子，將會帶給他幸運。他把黑色槍管伸進嘴裡，舌頭上感到異常冰冷，然後扣下扳機。

隔天早晨，園丁發現他躺在自己的嘔吐物裡，手裡抱著那把霰彈槍。他醉得太厲害，沒有裝子彈。他沒有向任何人提起這一夜，在這一夜他看見了自己。

十八歲時，他第一次偕女友去度假。他在一家工廠的輸送帶旁工作了四週，掙足了旅費。他們搭機前往克里特島，花三個小時搭乘一部老舊的巴士翻山越嶺，沿著愈來愈窄的蜿蜒山路，直到這座島嶼的南端。他們在一間民宿租了個房間，有刷上灰泥的木頭地板和白色的床單，窗外就是利比亞海。村中只有幾間房屋和一個迷你超市，販售水果、乳酪、蔬菜和麵包。老闆娘每天輪流烘焙糖霜餅乾和鹹餃，他們就吃這些東西度日。白天他們在海灘上度過，那裡很安靜。

有一次，她想要知道他為什麼會是現在這個樣子。一個明亮的人，如何能夠理解黑暗？他想。他試著用醫生說的話來解釋，她仔細聆聽，點點頭。他說憂鬱症和悲傷相異，是全然不同的東西。他知道她無法理解。

在房間裡，她把洋裝掛在椅背上。她站在浴室，細瘦的身體在那面蒙上水氣的鏡子前面。他躺在床上看著她。空氣溫暖而潮溼。他周圍的世界不加抵抗地溶化，不再稜角分明，顏色褪去，噪音消失。浴室的門關上了，他獨自一人。開始有油從天花板上滴落，滴在他額頭上，順著白色牆面黏稠地向下流淌，覆蓋了木頭地板、床和床單，一切都變得光滑，失去了紋理。那油流滿了整個房間，溢上他的臉，流進他耳中和嘴裡，黏住了他的眼睛。他吸進了那油，變得麻木，然後他自己也成了那藍黑色的油。

後來他們渾身是汗、筋疲力盡地躺在床上。等她睡著，他凝視著她，親吻她的乳房，用床單蓋住她的身體，自己在陽台上坐下。大海漆黑而陌生。他不記得他是否真的向她述說了一切。然後他明白，在他面前還有六十個這樣的年頭。

2

五十四年前，在我出生的那一天，阿拉伯國家聯盟宣布抵制 Burberry 這家生產雨衣的英國公司，理由是該公司和以色列有生意往來。這個聯盟當時抵制了好幾家由曼柯羅夫特[3]爵士擔任董事的公司。他信奉猶太教。倫敦方面保持淡定。該公司的發言人表示，阿拉伯國家反正很少下雨，到目前為止出口至當地的雨衣數量「少得可笑」。

3 曼柯羅夫特（Stormont Mancroft, 1914-1987），英國保守黨政治人物，二次大戰後曾擔任內閣成員。

3

一九八一年的暑假我在英國度過。那時我十七歲，被要求把英文學好。我寄宿在約克郡一個沒落的鄉村貴族家裡，他提到女王就只說她「非常中產階級」。他開著一輛車齡三十年的勞斯萊斯，住在一棟建於十四世紀的破舊老屋裡。一邊的側樓沒了屋頂，只有廚房裡有暖氣，而他最有價值的財產是兩把 Holland & Holland 牌[4]的細長獵槍。我房間裡的被褥聞起來就好像克倫威爾[5]將軍曾經在裡面睡過，而這也並非不可能。但是我喜歡那棟石砌的屋子和那座庭院，也喜歡

---

4 Holland & Holland 是英國百年獵槍製造商。

5 克倫威爾（Oliver Cromwell, 1599-1658），英國政治家，英國內戰時期獲勝的議會軍首領，曾任共和政體護國公。

那些幾乎泛黑的歷代祖先肖像，還有窗台上的苔蘚。浴缸是銅製的，非常大，要注滿足夠的水得花上半小時。這個浴缸鑲著深色的桃花心木邊框，我還記得躺在裡面看書有多愜意。

屋主對於教育有獨到的見解。他的授課計畫是播放大衛．尼文[6]的老片，背誦吉卜林[7]的詩，除此之外就不管我。他很久以前就把廚娘解雇了，所以每天上桌的餐點都一樣：羊肉淋上薄荷醬汁，配上用蒸鍋煮爛成糊的現成薯片。

週末時我搭火車前往倫敦，我的老師從不同行，因為他瞧不起城市。柴契爾夫人自兩年前以鐵腕治理這個國家，快手艾迪．戴文波特[8]尚未在肯辛頓區和切爾西區舉辦那些有點低俗的狂野派對，而倫敦市的大幅擴張才剛剛開始。在倫敦最悲哀的城區布里克斯頓，由於一名黑人青少年遭到逮捕而引發了警察和示威者之間的巷戰[9]；米克．傑格[10]唱著〈情感救援〉（Emotional Rescue）。一切都光鮮亮麗而又充滿不幸，一切都既平凡又神聖，而我認為自己當時是快樂的。

一天晚上，我和一個朋友去看電影。我們想看的是《法櫃奇兵》，那是當時節奏最快的電影，一個以創新手法敘述的冒險故事，哈里遜．福特飾演的瓊斯博士十分出色。當時的戲院還准許吸菸，高畫質銀幕尚未發明，影片播映到一半，在瀰漫的煙霧裡幾乎什麼也看不見了。那是當天播映的最後一場，在片尾字幕跑完之後，我們仍然坐著沒動。另一對男女坐在銀幕正前方的第一排，坐在那裡只能辨識出影片的色彩。那個男的忽然站起來，他搖搖晃晃，從口袋裡掏出一疊鈔票，在半空中揮舞，對著空蕩蕩的放映廳大吼：「再播一次！再播一次！」那人是米克・傑格。放映師走向他，拿了錢，搖搖頭，把那部片又再播放了一次。我

---

6 大衛・尼文（David Niven, 1910-1983），英國演員，一九五九年曾以《鴛鴦譜》（*Separate Tables*）一片獲得奧斯卡最佳男主角獎，以扮演英國紳士聞名。

7 吉卜林（Rudyard Kipling, 1865-1936），生於印度的英國詩人、小說家，一九〇七年諾貝爾文學獎得主，知名兒童故事《叢林奇譚》（*The Jungle Book*）就是他的作品。

8 艾德華・戴文波特（Edward Davenport, 1966-），綽號「快手艾迪」（Fast Eddie），英國社交界名人，一九八〇年代末期成立派對公司，專門替上流社會的青少年在鄉間別墅舉辦狂歡派對，風光一時。

9 布里克斯頓（Brixton）位於倫敦南部，是多元種族社區，黑人居民比例較高，在一九八〇年代失業率以及犯罪率都偏高。一九八一年，為了打擊犯罪，政府允許警察當街攔查民眾，而當地被攔查者以年輕黑人男性居多，造成居民不滿，引發了暴動。

10 米克・傑格（Mick Jagger, 1943-），英國歌手，「滾石合唱團」創始成員，自一九六二年起擔任該團主唱至今。

們也獲准留下，那真是棒透了。

幾年之後，我第一次觀賞雅克·德雷[11]執導的電影《豔陽光》（*Der Swimmingpool*）。這是一九六八年拍攝的老片。羅美·雪妮黛和亞蘭·德倫在聖特羅佩（Saint-Tropez）附近一棟偏僻的鄉村別墅度假。頭幾分鐘什麼也沒發生。悠閒、慵懶，屋前是遼闊、乾燥的地景，和地中海的陽光。他們在游泳池邊接吻，藍綠色的池水，溫暖石板上的背光處。然後電話響起。他說就讓它響吧，把赤裸的她扔進水裡。她笑著罵他是個傻瓜，走過去接起了電話。不久之後，另一對男女駕著一輛紅棕色的瑪莎拉蒂來訪。事情變得複雜，最後以一樁謀殺告終。

重拍的電影幾乎總是失敗，我們喜愛的事物無法重來。但是也有例外。二〇一六年，盧卡·格達戈尼諾[12]執導的《池畔迷情》（*A Bigger Splash*）在戲院上映，由蒂妲·史雲頓演出當年羅美·雪妮黛的角色。史雲頓飾演一個搖滾歌星，片中曾形容她為「世紀女郎」，她的聲帶剛動過手術，偕男友在西西里島附近的一座小島上休養。她的男友有點令人厭煩。然後雷夫·范恩斯出現了，他是史雲頓的舊情人，想要她回到他身邊。他活力充沛，充滿魅力，使人著迷，而且出奇滑稽。在影片中段他跳起舞來，播放的歌曲是米克．傑格的〈情感救援〉。單憑這一幕，范恩斯就該贏得一座奧斯卡獎。我猜這幕演出並非全按照劇本，范恩斯就站在攝影機前面，穿著短褲，敞著襯衫——而且使人快樂。〈情感救援〉——有時候音樂拯救了我們。

羅美．雪妮黛和亞蘭．德倫，蒂妲．史雲頓和雷夫．范恩斯，米克．傑格唱著歌，哈里遜．福特戴著他的帽子，在游泳池畔永遠是悠長、炎熱的夏天。

（本篇原刊於二〇一八年三月二十九日的《滾石雜誌》）

---

11 雅克．德雷（Jacques Deray, 1929-2003），法國電影導演，擅長拍攝犯罪片，有「法國的希區考克」之稱。

12 盧卡．格達戈尼諾（Luca Guadagnino, 1971-），當代義大利導演，作品《以你的名字呼喚我》曾入圍奧斯卡獎最佳影片。

4

一部紀錄片在戲院上映，講述奧托．席利（Otto Schily）、漢斯—克里斯提昂．史托貝勒（Hans-Christian Ströbele）和霍爾斯特．馬勒（Horst Mahler）三位律師的人生。三種截然不同的人生：席利成了德國內政部長，史托貝勒成了綠黨國會議員，馬勒最終成了右派激進分子而鋃鐺入獄。但是一九七〇年代他們三個都是律師，曾在審判過程中替「德國之秋」[13]的恐怖分子辯護；那些恐怖分子是赤軍團的成員。

一切都始於一九六七年。在柏林德國歌劇院前面的一場示威活動中，一名警察近距離從背後槍殺了一名年輕男子。子彈擊碎了那名大學生的頭蓋骨，他倒在地上，鮮血流淌在人行道上。一個年輕女子跪在他身旁，她把手帕墊在他頭下，大聲呼救。兩名男子用擔架把這個遭到槍擊的人抬上救護車。接下來發生的事令人完全無法理解：這輛救護車沒有駛往附近的亞伯瑞希特—阿基里斯醫院，也沒有駛往凡爾紹醫院的神經外科部門，卻駛往遠得多的莫阿比特急救站。行駛這段路程需要很長的時間。當一名醫護助理終於把這名大學生推進手術房，麻醉師只能確認他已死亡。

當年那些電視畫面的駭人程度直到如今都未曾稍減，觀眾看到這些畫面依然感到不知所措。在紀錄片中，史托貝勒說那就是他「政治化」的日子，而他不是唯一一個，這天幾乎形塑了一整個世代。在這名大學生死亡之後，示威活動的規模愈來愈大，警察局長被迫下台，接著下台的是內政局長，最後連柏林市長也下

13 德國之秋（Deutshcer Herbst）指當年西德在一九七七年九月至十月間所經歷的社會與政治動盪，包括赤軍團綁架並殺害了聯邦雇主協會主席施萊爾（Hanns Martin Schleyer）、解放巴勒斯坦人民陣線劫持了漢莎航空班機，以及赤軍團成員在獄中自殺等事件，是二次戰後德國所遭遇的一次重大危機。「德國之秋」這個名稱來自一九七八年的一部半紀錄片，由十一位德國新浪潮導演合作拍攝，從各種不同的角度來探討政府對恐怖攻擊行動的反應。

台了。而那並非結束，而是開始。

起訴那名開槍警察的刑事訴訟是席利的第一樁「政治訴訟案」。透過馬勒的介紹，他代表那名大學生的父親，是附屬原告[14]。那名警察被宣判無罪。在紀錄片裡，席利談起籠罩著這樁審判的陰森氣氛，和消失的證物。馬勒說，對他而言，這樁審判「證明了馬克思主義關於國家乃是統治者壓迫被剝削的大眾之工具的理論」。他真的這樣說。

片中接著播出了史塔姆海姆審判[15]的畫面。史托貝勒稱那座特別為此新建的法院建築為「以水泥澆鑄的未審先判」。在一段錄音裡能聽見席利的聲音。他在法庭上大吼：「我們以法律為由反對國家權力。」我沒見過其他律師能即席說出這樣的句子。當時在史塔姆海姆，警察要替席利搜身，身為律師的他不該受到這種對待，因為律師乃是「維護司法的獨立機構」。這一句話的確道盡了席利的一切。**以法律為由而反對**——這正是他一生的中心思想。

所有重要的社會事件都會在刑事訴訟中反映出來。對於正確途徑的爭論也總是會在法庭上解決，而不只是在選舉中解決。起訴赤軍團成員的訴訟程序所涉及的乃是法治國家本身。當時德國的民主還年輕，面對恐怖攻擊幾乎束手無策。政治人物顯得猶疑不決，行事矛盾，犯下錯誤。面對恐怖分子的攻擊，當時並沒有明確的法治國家立場。

法律系學生在接受養成訓練時學到這句話：被告不能只是刑事訴訟的客體。這在一個已經鞏固的法治國家是理所當然的事，但是當年在法庭上還必須為此力爭；當年幾乎沒有人願意理解就連恐怖分子也是人，也有尊嚴。奧圖・席利理解這一點，他還記得納粹的無法無天。他相信法制，想要貫徹法制——即使要對抗法庭、對抗檢調機構、對抗一個從背後射殺一名示威學生的警察。法制本身成了席利的中心思想，也因此他在那幾個律師當中最有說服力。他資賦優異，辯才無

14 在德國，為了提升被害人在訴訟過程中的地位，以正視他們的利益，被害人可作為「附屬原告」（Nebenkläger），和檢察官一樣閱覽卷宗、訊問證人。

15 史塔姆海姆審判（Stammheim Prozess）是一九七〇年代對赤軍團恐怖分子進行的一場大審判，為時兩年。一名被告在審判期間自縊，另外三名被告在被判處無期徒刑後自殺。此一審判由於程序有瑕疵而備受爭議。

礙，每一句話都恰如其分。日後有許多人不明白為何偏偏是這個「替恐怖分子辯護的律師」當上了內政部長，但那就只是合理的下一步發展。按照席利本身的理解，他在部長任內自始至終做的仍是同一件事：他始終就只想要捍衛法制和法治國家，捍衛人類發展出的這個偉大理念。

史托貝勒則完全不同。他在紀錄片裡說，不公不義的事令他震驚。他說的話往往令人感動。在影片快結束之前，他談起自己，說他常在森林裡散步，也喜歡熬煮果醬。他認為戰爭永遠是不公義的。聽他說話，你會忽然覺得要區分善惡是件十分簡單的事。坐在法庭上的史托貝勒一頭白髮，兩道濃眉，他為人親切，富有同情心。我那所寄宿學校的耶穌會教士會說他是個「正派的人」，他非常能博得別人的好感。我會毫不猶豫地把皮夾和公寓鑰匙交給他保管，但是假如我需要辯護律師，我會選擇席利。

那馬勒呢？他是最複雜的一位。馬勒是赤軍團的創始成員，一九七三年被判處十二年徒刑，刑期在一九七四年被提高為十四年。當赤軍團恐怖分子於一九七五年綁架了德國基督教民主聯盟在柏林邦的主席，要求釋放「被囚禁的戰友」時，馬勒是唯一一個自願留在監獄裡的人。一九八〇年他獲釋出獄，之後一再由於煽動民眾罪[16]而被判刑。每一個法庭對他來說都是一座舞台，有時候他用死刑來威脅法官。他否認納粹曾對猶太人進行大屠殺，在一個談話節目中用「希特勒萬歲」來跟訪談者打招呼。在紀錄片中可以看見他參與納粹集會，胡言亂語，彷彿他什麼也不在乎了。

馬勒在一九七〇年被拘捕時，史托貝勒替他照顧家人，席利則把一整套《黑格爾全集》帶到牢裡給他。這也是這兩位律師的典型作風。司法界有傳言，說馬勒在那之後有十年的時間就只讀黑格爾。

黑格爾創造出所有哲學理論中最自成一體的學說，他依照他的理論來梳理整體現實，而閱讀他的著作有可能會使人無法自拔，一如閱讀每一種重要的思想體

16 煽動民眾罪（Volkshetzung，或譯為「煽動仇恨罪」），根據《德國刑法》第一百三十條，凡是公開贊同、否認或粉飾納粹暴行者，可被判處徒刑或罰鍰。

系一般。我認為，一個高智力的人如果在牢裡研讀黑格爾長達十年之久，那麼他就會成為像馬勒所成為的這個人。馬勒是無動於衷的冷血知識分子，陷入了一種理論的枝微末節，最後在其中淪亡。這種人物在德國歷史上屢見不鮮，往往是司法界人士。至於他們是激進右派還是激進左派則根本不重要。馬勒成了他自己的囚徒。

這部紀錄片是關於這個複雜國家的一則敘述。三個年輕人，三個性格迥異的人物，三種截然不同的參與政治生活的抉擇。席利捍衛法制來對抗國家，史托貝勒相信良善，而馬勒則陷入了極端。這三位律師如今都垂垂老矣，他們沒有虛度人生。

在影片的末尾，三個人都談起彼此。馬勒說席利認為他是「政治渣滓」，但他會把這「視為榮耀」。說完他對著鏡頭咧嘴一笑。席利被問到馬勒的那一幕，是這部影片中的精采片段。席利舉起雙手說：「一場悲劇。」除此之外就什麼也沒說。

寫這篇文章時，我就坐在一九七三年馬勒受審法院前面的一家咖啡館裡。已經入秋了，落葉成堆，接連下了一整個星期的雨。如今當然還是有重大訴訟，以後也仍然會有，但是所有司法界人士都從史塔姆海姆審判中學到了教訓。《刑事訴訟法》在當時頭一次被竭盡使用，法治國家也在其中找到了自己。關於被告的尊嚴，至今仍有爭論，這種日復一日的爭論有其必要，但是許多事情變得容易了。這也許是史塔姆海姆審判中那幾位律師的真正貢獻。

我不記得這部紀錄片的所有細節，但是有一個片段令我難忘。那個片段是對馬勒脫軌行為的正確回應。一九九七年三月十三日，席利站在德國聯邦議會的講台上。事關一場展覽：「毀滅戰，一九四一年至一九四四年間德國國防軍的罪行。」席利幾乎無法言語，他欲言又止，向大家道歉，差點落淚。然後他說起他的兄長，說起在戰爭中罹難的人，說起納粹。我不記得上一次我被一番演說如此感動是在何時。

（本篇原刊於二〇〇九年十一月十七日的《法蘭克福匯報》）

5

柏林的莫阿比特刑事法院從好幾年前就已經禁止吸菸。走廊的壁磚上貼著黃色告示：「訪客吸菸區位於絞刑場。」儘管如此，我的委託人還是照抽不誤。他站在法庭入口後面通往監獄牢房的台階上。一名警衛看不下去，出言制止。我的委託人繼續抽菸，完全不為所動。他被拘留已經六個月了，由於殺人罪名在等待審判。他看著那名警衛，聳聳肩膀，說道：「你打算怎麼做呢？逮捕我嗎？」

一九四七年四月二十二日，韋邁爾（Wehmeyer）和一個熟人從柏林出發，往北邊走。在這個被戰火摧毀的首都缺少食物，這兩名男子飢腸轆轆，想用衣物換取馬鈴薯。韋邁爾帶著一雙靴子和一件長褲。當時人稱「土撥鼠交易」的這種方式，往往是活下去的唯一辦法。

韋邁爾二十三歲，和母親及姊妹住在一節廢棄的火車車廂裡。他父親從俄國戰俘營回來之後不久就死了。韋邁爾開始在一個鎖匠那兒當學徒，因為偷了一把鑿子而被解雇。在那之後他靠著打零工度日，待遇很差，生活沒有保障，也沒有前途。

這兩名男子在途中認識了一個婦人。她六十一歲，也是為了以物易物而前往鄉間。那天晚上，他們湊巧又相遇了。韋邁爾運氣不好，沒能把他的衣物脫手。婦人的運氣比較好，現在她擁有一麻袋的馬鈴薯，重二十公斤，這在當時算是一小筆財富。他們三人合力把麻袋搬上一個手推車，走路回柏林。天黑了，韋邁爾突然對那個婦人出拳，毫無預警，擊中了婦人的頸部，她的喉頭斷裂，人倒在地上。他把她的雙手綁在背後，在她嘴裡塞了一條手帕，脫掉她的內褲，強暴了她。他的熟人在旁邊看著，沒有插手。事後他將會說他是因為懼怕韋邁爾。嘴裡塞著手帕使那個婦人無法呼吸，她在被韋邁爾強暴時窒息而死。等到韋邁爾完事，他把死者的馬鈴薯據為己有。

五天後，婦人的屍體在一片田地上被人發現。警方很快就查到了韋邁爾和他的熟人。他們在警察局互相指控對方。法院的一位鑑定專家訊問了韋邁爾，之後在紀錄中寫下這個年輕人一向「冷漠無情而且肆無忌憚」。

審判只進行了一天。檢察官指出韋邁爾曾有搶劫的前科：他在十六歲時曾經搶走一名女子的皮包。

幾位法官很快就達成共識。判決書裡寫著：「被告由於其殘忍的犯行而把自己排除在文明人的圈子之外，因此喪失了生命權。」

當時的判決書是這種口氣，就在戰爭結束兩年後。

韋邁爾的律師試圖救他。他提出聲請，想要爭取時間；他竭盡所能，卻徒勞無功。法官什麼都不想再聽了，他們沒有接受任何一項聲請。法官知道他們能下令執行死刑的時間不長了。

一九四九年五月十一日，斷頭台切下了韋邁爾的腦袋。那是莫阿比特監獄最後一次處決犯人。十二天後《德國基本法》生效，廢除了死刑。

在行刑的前一夜，據說韋邁爾在牢房裡抽了很多菸。

6

一九七三年，約瑟夫·博伊斯[17]貼上紗布和繃帶的浴缸被德國社會民主黨地方黨部的兩名黨員清理乾淨，用來清洗玻璃杯。賠償這件被毀損的藝術品的金額是四萬馬克。

一九七四年，一家生產家用清潔劑的公司製作了一段廣告影片，片中兩名清潔婦在一間展示現代藝術的美術館裡刷洗一個浴缸。

一九八六年，約瑟夫·博伊斯在杜塞爾多夫藝術學院設置的一個「油脂角

---

17 約瑟夫·博伊斯（Joseph Beuys, 1921-1986），德國藝術家及藝術理論家，曾任杜塞爾多夫藝術學院教授。他打破藝術與日常生活的界線，認為生活中的所有事物都可作為藝術媒介，被視為二十世紀行為藝術的代表人物。知名作品包括《油脂椅》和《鋼琴的均質滲透》。

落」被管理員扔進了垃圾桶。損害賠償的金額也是四萬馬克。

二〇一四年，三名藝術家用這個「油脂角落」的殘餘來製作燒酒。這幾位藝術家嘗了嘗，說這酒有帕瑪森乾酪的味道。剩下的蒸餾酒被裝進玻璃瓶中展出。

二〇一一年，在多特蒙德的一間美術館，馬丁·基朋貝格[18]作品中的一個塑膠槽被一名清潔婦徹底刷洗乾淨。損害賠償的金額未被揭露。

---

18 馬丁·基朋貝格（Martin Kippenberger, 1953-1997），德國藝術家，作品多樣，風格多變，運用的媒介包括繪畫、雕塑、攝影和裝置藝術，一些帶有挑釁意味的作品曾引起巨大爭議，例如《釘在十字架上的青蛙》。本文所提及的作品是一件名為《當天花板開始漏水》的雕塑，塑膠槽裡有一層灰白色水垢。

7

早年我讀寄宿學校時的同學，來參加我在德國南部的一場作品朗誦會。我沒有認出他。他高我兩個年級，當年我十二歲，他十四歲。我是「住校生」，附近村莊的孩子則是「通勤生」，他們只在上午到學校來，但並不住在學校裡。

他父親是森林管理員，陰沉又矮小，蓄著一把黑色大鬍子，嗓音異常地高。我去過他家一次，一家人沉默地吃晚餐。在小小客廳的一角，一個玻璃櫃擺在橡木長凳上方，裡面放著耶穌受難像。此前我從未聽過「天主角落」[19]這個字眼。

19 天主角落（Herrgottswinkel）是信奉天主教的家庭，用十架苦像布置的一個角落，通常還會擺放聖像、蠟燭、花環，也是收放《聖經》和玫瑰念珠的地方。在德國南部和奧地利的餐館裡有時亦可見，意在提醒客人言行要有分寸。

晚餐後我向他母親道謝，說食物很好。她的嘴巴在她那蠟黃的臉上抿成一條白線：「我們不說食物很好。食物沒有不好的。」

那位同學是個溫柔的男孩，有一雙黑眼睛。他在所有的科目都有天分，女孩子都喜歡他。有一次他鼻青臉腫地來上學，說他撞到了。另一次上體育課時，我們在更衣室裡看見他背上布滿血痕。後來我和他就失去了聯絡。

作品朗誦會結束後，他請我去吃晚餐。我們乘車穿過森林去到他家，他幾乎沒有說話，這一點和從前不同。他的車裡有狗和樹脂的氣味。當我們下車，他一言不發地從行李廂取出一把步槍，背在肩上。直到此刻我才恍然認出了一切：他住在他父親的房子裡，成了森林管理員，和他父親一樣。

8

因惹·卡爾特斯[20]於今日去世。他曾經住在我的事務所樓上，偶爾我們會在那具緩慢的電梯裡相遇，聊聊文學、歌劇和這條街上的餐廳。

有一次，他請我替他處理一件小小的法律事務。當我處理完畢，我把文件拿到樓上給他，免得他還得到辦公室來一趟。那時大約是晚上八點。他開了門，跟平常一樣穿著講究：高級皮鞋，喀什米爾開襟毛衣，很濃的陳年香水。他請我進去。那時他獨居，妻子只偶爾來看望他。我不知道當時他已經病得有多重。他在

---

20 因惹·卡爾特斯（Imre Kertész, 1929-2016），匈牙利作家，納粹死亡集中營的倖存者，二〇〇二年諾貝爾文學獎得主，知名作品包括《非關命運》三部曲。

客廳裡擺好了餐桌、白色桌巾、銀製餐具、水晶玻璃杯，以及兩支蠟燭。我問他是否還有別的客人，我不想打擾他。不，不，他說，說他每天晚上都這樣擺，說他現在「可不能連門面都不顧了」。

卡爾特斯知道關於死亡的一切。他曾待過奧許維茲、布亨瓦德以及特洛格利茨／雷姆斯多夫的集中營，他活了下來。一九四五年他獲得了自由，當時他才十六歲。他寫道：「我認為我已經活過了這一生的所有瞬間。人生已經結束了，而我還在。」

要求我們愛自己是種奢求。但是門面得要守住，這是我們最後的依靠。

9

我在蘇黎世遇見瑞士最高法院的一位法官。我們談起死刑，談起我們最後防線的逐漸軟化。他說，在瑞士要更改《憲法》很容易，過去就曾針對《刑法》，例如「終身監管」，有過表決。當時法學教授、司法界和開明的社會人士意見一致，民眾投票表決的結果卻不同。

那位法官是個謹慎、冷靜的人。他思考著「法律的效力」究竟意味著什麼。倘若他國家的多數人民通過一條法律，要再恢復死刑，他該怎麼做？「最終處理決定權」（Sachentscheidung）何時應該要置於「多數決」之上？什麼時候必須這樣做？還是說在面對公民意志時，道德倫理就失去了效力？如果道德倫理終究有效，又該由誰來決定這個道德倫理的內容？

一八九三年，威爾．帕維斯（Will Purvis）在美國由於殺人罪被判處死刑，據說他殺了一個人。案情很複雜，涉及一個類似三K黨的組織，涉及種種懷疑和一名狙擊手發射的致命一槍。

帕維斯在審判中宣稱自己是無辜的。陪審團不相信替他提供不在場證明的證人。當他被帶出法庭時，他對著法官大喊：「你們全都會比我早死。我會比你們每個人都活得更久。」

一八九四年二月七日，劊子手把繩索套上帕維斯的脖子，有幾百個人來看熱鬧。劊子手啟動了陷落活門，但是繩結鬆脫了，帕維斯毫髮未損，被帶回了監獄。不久之後，密西西比州最高法院宣告帕維斯應再次接受絞刑。

帕維斯在處決前夕逃獄成功。三年之後（在這期間換了一位新州長），他獲得赦免。帕維斯結了婚，有了七個子女。在案發二十四年之後，另一名男子承認犯下了帕維斯因之被判刑的那樁殺人案。帕維斯獲得五千美元的賠償，這在當時是筆鉅款。

一九三八年，帕維斯在家人圍繞之下安詳地去世。而他說得沒錯：四十五年前判他死刑的那十二名陪審員中，死得最晚的還比他早了三天。

蘇黎世那位法官思索良久。最後他說他將會辭職。他無法贊同一部允許死刑的法律。

10

一位所謂時尚雜誌的主編問我是否有興趣和她前往巴黎參加一場時裝秀，說我也許可以寫篇相關的文章。她說這場時裝秀是巴黎時裝週的高潮，是一個非比尋常的「event」——她用了這個英文字，因為在她這個圈子裡的人都這樣說。她說能夠在場是份極高的榮耀，邀請卡一張難求，需要有人脈才拿得到。她把那張襯著過厚紙板的邀請卡拿給我看。這幾天來她手提包裡都帶著這張邀請卡，上面用童稚的筆跡畫出了Haute-Couture（高級時裝）這個法文字。

如果你有幸在年輕時待過巴黎，這座城市就會跟著你一輩子，不管你去哪裡，因為巴黎是一場終身的饗宴。

海明威在一九六四年這樣寫巴黎，這成了他最歡樂的一本書。他在一九二〇年代住在這座城市，與葛楚德·史坦、詹姆斯·喬伊斯、艾茲拉·龐德、福特·馬多克斯·福特、約翰·多斯·帕索斯和費茲傑羅[21]相遇。他在巴黎成為作家。據說海明威在離開巴黎時，把一個裝著日記和筆記的皮箱忘在麗池飯店，直到一九五六年他重訪巴黎，一名服務生把那口皮箱從地下室裡拿出來交給他，他才

---

21 這幾位都是一九二〇年代文藝界的風雲人物：
葛楚德·史坦（Gertrude Stein, 1874-1946），美國作家，二十世紀初移居巴黎，在巴黎的住所成為前衛藝術家聚集的沙龍，畢卡索和海明威都是常客。
詹姆斯·喬伊斯（James Joyce, 1882-1941），愛爾蘭作家，現代主義文學代表人物，知名作品包括《都柏林人》和《尤利西斯》等。
艾茲拉·龐德（Ezra Pound, 1885-1972），美國著名詩人，意象派詩歌的代表人物。
福特·馬多克斯·福特（Ford Madox Ford, 1873-1939），英國作家及文學評論家，知名作品包括《好兵》（*The Good Soldier*）以及《隊列之末》（*Parade's End*），後者曾被改編成電視劇集《一戰往事》。
約翰·多斯·帕索斯（John Dos Passos, 1896-1970），美國小說家，曾參與一次大戰，代表作為《三個士兵》（*Three Soldiers*）和《美國》三部曲。
費茲傑羅（F. Scott Fitzgerald, 1896-1940），二十世紀美國傑出小說家，其名作《大亨小傳》如今已成文學經典，多次搬上銀幕。

得以寫出這本書。這時，他擁有了一整個作家生涯的經驗，也擁有青春時期的鮮明記憶。我不知道這個傳說是否屬實，但是對一個好故事來說，是否屬實或許也根本不那麼重要。

我年輕時，咖啡館裡還允許抽菸。我住在一個很小的房間，房租很貴，屋況還很糟。在我隔壁，一個來自塞內加爾的肥胖妓女租了間公寓。我們相處愉快，但是她的工作總是持續到早晨五、六點，而她和她的顧客發出的聲音之大，讓我幾乎無法成眠。她常在清晨邀我過去坐坐，我們在她家喝滋味奇差的廉價即溶咖啡，然後她會說起她的顧客和他們的怪癖，並且拿出她大家族的照片給我看，她把她掙的錢幾乎全都寄回家了。我說不了幾句法語，但是那沒有關係，因為她說得夠多，連我的份也說了，這讓我們兩個都覺得比較不寂寞。我房間裡只有一具小小的暖風機，冬天裡非常冷，窗戶都結冰了，在薄薄的玻璃上結成冰花。

夜裡，由於下雨必須把窗戶關上，冷風吹落了康特斯卡普廣場上樹木的葉子。躺在地上的落葉被雨水溼透，風把雨水吹上終點站綠色大巴士的車身，愛美特咖啡館裡坐滿了人，室內的熱氣和煙霧使窗玻璃蒙上一層薄霧。

那時我沒有錢，常在這種廉價咖啡館裡久坐。我不知道原因是否在於我待在巴黎時是在一個會受地方影響的年紀，一切對我來說都是新鮮的，但我如今仍會夢見這座城市，夢見它的氣味和顏色，夢見那裡的朋友，夢見那段時光。那時我們自以為做什麼都會成功，因為我們所知有限，也因為現實尚未掌控我們。當那位主編詢問我時，我想起了這些往事，於是就答應了。

抵達巴黎的那段路途就很折騰，塞車長達幾公里，從機場進城花了一個半小時。我在花神咖啡館和那位主編碰面，坐在那裡的人似乎全都來自時尚界。他們不停地東張西望，想看看他們是否會認出誰，或是被誰認出來。他們用手機拍照，放上Instagram和臉書；他們拍下餐點和餐巾，就連擺在咖啡碟上的小糖包也不放過。

那是家氣氛宜人的咖啡館，溫暖、乾淨而且友善，我把我的舊雨衣掛在衣帽架上晾乾，把我那頂飽經風霜的破氈帽擱在長凳上方的架子上，點了一杯牛奶咖啡。服務生端來了咖啡，我從大衣口袋掏出筆記本和一枝鉛筆，然後就開始寫作。

海明威去的那家咖啡館位在聖米歐爾廣場，距離聖日耳曼大道和我們正坐在裡面的花神咖啡館不遠。我寧願自己是待在那家咖啡館。此時是巴黎最美的季節，在那些法國梧桐樹下涼爽了一些。夜裡，咖啡館和燈火通明的商店把光亮映照在人行道上，空氣中有秋天的味道。這座城市似乎耐得住一切，它耐得住好萊塢的愛情片、被庸俗化的艾菲爾鐵塔，甚至耐得住那些阿拉伯人和俄國人所擁有，價值五千萬歐元、長年空著的住宅。

我再點了一杯聖詹姆士蘭姆酒，一邊觀察那個女孩，當我抬起頭，或是用削筆刀削尖鉛筆，削下來的卷曲筆屑飄落在酒杯底下的碟子上。我心想：我看見妳了，美人兒，此刻妳屬於我，不管妳在等誰，也不管我是否還會再見到妳。妳屬於我，整個巴黎也屬於我，而我屬於這本筆記本和這枝鉛筆。

在寫作時，你和你虛構出的人物交談，和他們一起經歷他們的生活，到了某個時候，寫作之間的時間變得無關緊要，寫作變成了最根本的事。在雙叟咖啡館也行，就連在花神咖啡館也行，儘管有那些人坐在裡面，儘管這是時裝週，儘管有人用手機拍照。只要你是獨自一人，也被允許繼續獨自一人就行。

隔天我們搭計程車前往巴黎大皇宮，那裡站著幾百個希望拿到入場券的人。那座宮殿的天花板高度超過四十公尺，屋頂是玻璃製的，嵌著鉚接起來的淺綠色鐵條。在上一個世紀，穿著夏季洋裝的女士和身穿淺色西服的男士曾在此參觀最早期的汽車展覽，他們相信進步。當時他們以為生活將會變得更輕鬆、更有趣。那是在兩次大戰發生之前的短暫時光。

高級時裝秀的場地布置無懈可擊：牆邊和地上是擷取自藝術品的裝飾，所有東西都漆成耀眼的白色，整座大廳看起來就像一張曝光過度的照片。服務生用銀盤端來甜點，但是在這裡當然誰也不吃東西。全世界最富有、最美麗、最知名的人士坐在塗了白漆的木箱上，座位沒有扶手，如果有個孕婦被拍照，她就會立刻轉向側面，讓人看出她懷著孩子，而不只是單純身材走樣。

走秀開始時響聲震耳欲聾，沉沉敲擊的節奏打在你的胃上。模特兒出場了，臉部化著深色的妝，看起來像希臘神話裡的復仇女神。沒有一個女子面帶微笑。她們走路的姿勢很詭異，把骨盆向前推得很遠，我好擔心她們會摔倒。那些年輕女子顯得非常緊張，且都是些沒有胸部、也沒有臀部的紙片人。十二分鐘後一切就結束了。後來有人跟我說，那些模特兒只吃冰塊和蘸過柳橙汁的棉花。

這裡的一切是場誤會。時尚是種幻覺，是一種幸福的承諾。這個承諾當然永遠不會兌現，但卻應該要明亮、歡樂、輕盈。我原本希望欣賞女性和精美的服裝，期望看見美麗、優雅和完美，而這場秀卻只是一個價值數十億的產業索然無味的十二分鐘芭蕾。走秀結束後，賓客拿到一袋黑色包裝的沐浴乳和沐浴精油。我把這袋東西給了宮殿外面一個沒有拿到入場券的女子。

在回程的飛機上，我想起林格納茲[22]的詩作：

把妳的心送給我十四天，
妳這個大步前行的長頸幼鹿，
換我誠實地對妳說些悅耳的情話，
宛如說進風裡。
當我看見妳，修長的蓋比耶拉，
妳襪子上的一個破洞打動了我，
當妳渾然不覺，我的靈魂

穿過這個破洞與妳相依。
別把它趕走，說聲：好！
我看見妳時是那麼美好。

---

22 林格納茲（Joachim Ringelnatz, 1883-1934），德國作家、畫家、獨角喜劇演員，作品以滑稽幽默著稱，文中引用的這首詩名為〈致蓋比耶拉 B.〉（An Gabriele B.）。

II

她在大西洋岸的一個村莊過夜。她獨自駕車來到此地，待在那輛小車裡將近十六個小時。過去這幾天她常常哭泣。

旅館窄仄，房間裡空氣不流通，她無法成眠。她再度穿上衣服，步行穿過此地，那些咖啡館和餐廳早在幾個鐘頭前就已經打烊。有些房屋嵌著紀念牌匾，五十年前曾有畫家和作家住在這裡。「由於此地的光線」，旅館床頭櫃上的宣傳小冊裡這樣寫著。她讀著房屋牆壁上那些死者的名字。

她仍在自問這樣做是否正確。她就這樣走了，雖然這麼多年來他對她很好，他溫柔體貼，關心她，整頓了她的生活，照料了她。他身上沒有一絲虛假，他是她的家，是個好人，比她好得多。沒有解釋，沒有一句話，沒有什麼是她能緊緊抓住的。

她在碼頭邊的一張石凳上坐了一會兒，那股腐爛的氣味，河口沼澤的半淡鹹水拍打著碼頭壁，皮膚上潮溼的鹽粒。她記起幾年前他們在海邊，離這兒不遠。他們在清晨看見一隻鹿在水中游泳，牠把頭抬高在金色的波浪之間，茫然而且迷惑。當時她對他說他不知道她是誰，說他腦中的影像就只是他腦中的影像，而非她本人。

終於她累了，掉頭回去。一個女子站在旅館三樓的陽台上，全身赤裸，抽著一根菸。陽台上的女子望向她，對她點點頭，失眠的人互相了解。一個男子走上陽台，走到那女子身後，抱住她的胸部，她朗聲笑了，抓住他的手。然後她鬆手讓香菸掉落，轉身面向他，隱沒在房間的暗處。

她走進她的房間，和衣躺在床上，立刻就睡著了。幾個鐘頭後她汗涔涔地醒來，衣服黏在她身上。她打開通往小小陽台的門。總算下過雨了，空氣涼爽清新。此刻她想，即使沒有活得幸福的天分，也有活下去的義務。

12

拉爾斯・古斯塔夫森（Lars Gustafsson）是位瑞典作家。他曾經贏得幾項重要的文學獎，作品也被翻譯成世界各大語言，有許多年他都被視為諾貝爾獎的候選人。

他在七〇年代寫了一本《打網球的人》。書中一位來自瑞典的教授接受了德州奧斯汀大學的教職，將到該校教授哲學和文學。這位教授蒼白、瘦削、疲倦而且不擅長運動。他喜歡美國的大學生，喜歡他們的好奇心，喜歡那份單純和輕鬆，他心想他們和歐洲的大學生截然不同。他的英文還不夠好，把尼采的「Übermensch」（超人）翻譯成「Superman」，造成了麻煩。在這個新世界，遠離了陰暗的瑞典，在奧斯汀的炎熱中，他開始漸漸有了改變。隨著書中故事的進展，他成了一流的網球好手，而且他自由了。

拉爾斯．古斯塔夫森的確在奧斯汀教過文學和哲學。一九八三年，他在歐洲各地舉辦作品朗誦會。我去參加了在康斯坦茨（Konstanz）舉行的那一場，會後我問他有沒有興趣和我打一場網球。他答應了。

隔天早上我去接他，那是盛夏裡一個天空蔚藍的日子。我們的網球場位在前面的庭園裡，紅土球場上很熱，中場休息時我們站在場邊那幾棵老栗樹和榆樹深濃的綠蔭下。古斯塔夫森的動作有點僵硬，但是他打球很專心，擊球漂亮有力。

後來我們去游泳。我問他，這些作品朗誦會累不累人。他笑了，向我說起一場在瑞典的朗誦會，那是在一個小小的村莊，在很偏僻的鄉下。他才開車上路不久，就颳起了一陣暴風，下起了漫天大雪，幾分鐘後，馬路上就覆蓋了密密的積雪。古斯塔夫森考慮要折返，但是他已經開得太遠了。最後他終於抵達了那座村莊。

瑞典是個非常富裕的國家，也在文化上花了很多錢，因此即使是在這樣的偏鄉僻壤，也有一座偌大的社區活動中心，配有一千兩百個座位的劇場舞台。在停車場上，古斯塔夫森兩度滑倒，才總算走到入口大門。大廳裡明亮溫暖，但是空蕩蕩的，只有第一排坐著一個男子。這時古斯塔夫森無論如何不想再回車上去，再說，他心想，儘管天氣這麼糟，畢竟還是來了。於是他打起精神，走上舞台，站到講台上，開始朗讀他的作品。

現在他甚至感到有點自豪，覺得自己是文學的救星。沒錯，他心想，只對著單單一個聽眾朗誦作品絕對是正確之舉，說不定此人是最後一個愛書人。於是他使出渾身解數——雖然他也覺得這有點荒謬。儘管如此，他還是把他曾在紐約、巴黎、羅馬和柏林對著幾千名觀眾講過的那番演講又講了一次。

在朗誦當中，他一直覺得坐在第一排的這個男子有點面熟，但是想不起這人是誰。

一個半小時之後他結束了演講。坐在第一排的男子禮貌性地拍手，古斯塔夫森鞠了個躬，走下舞台，穿過大廳走向門口。在最後一刻，他看見那名男子走上舞台，把麥克風拿到面前，從公事包裡抽出幾張紙，開始說話。這時古斯塔夫森才終於認出他來：那是今晚受邀前來的另一位知名作家。

在游泳池畔，我們坐在褪色的藍白木棚下，喝著冰紅茶。古斯塔夫森說起瑞典的冬天和奧斯汀的炎熱，然後我們聊起網球的發球。他覺得發球很神奇，就連世界上最頂尖的球員在回擊時也可能接連六次打不到球。他說沒有人知道為什麼會發生這種事，這是無法預估的。網球的發球是件非常複雜的事，就跟我們的人生要以何種方式才能成功一樣複雜，他說。

許多年以後，我在一首詩裡讀到他想要怎麼死亡：

那最好是在八月初的某一天
燕子已經飛走，但是一隻丸花蜂
仍在某處，在覆盆子灌木的陰影中
嘗試以弧線飛行。
最好是吹著一陣偶爾停歇的微風
拂過八月的草地。
最好有你在那兒，
但別說太多話，

只要稍稍撫摸我的頭髮
並且注視我的眼睛
在眼角深處
帶著淺淺的微笑。
屆時我想看著這個世界消失
不無如釋重負之感。

二〇一六年四月二日，傍晚在韋斯特羅斯[23]下起了一陣毛毛細雨。到了夜裡，天空烏雲密布。隔天是週日，天氣乾燥，最高溫度十一度。風速每小時六公里，氣象局確認那是「一陣微風」。夏季的草地尚未出現，但是在遼闊的韋斯特羅斯，早春的花朵在四月就開始綻放，丸花蜂的女王蜂也隨之從冬眠中甦醒。

是回家的時候了。
而我們已經在家了。

拉爾斯・古斯塔夫森卒於二〇一六年四月三日。

---

23 韋斯特羅斯（Västerås）為瑞典中部城市，西曼蘭省首府，距離斯德哥爾摩約一百公里，古斯塔夫森晚年常在此地度過夏季。

13

一家文具行的老闆拿了成人著色本給我看。他說這是最新潮流，賣得非常好，乃至於一家製造鉛筆和色筆的廠商這幾個星期以來連夜趕工，以滿足仍在繼續成長的需求。

據這位老闆所說，買這些著色書的人聲稱畫圖使他們「平靜」，有一個顧客甚至說畫圖「讓日常生活變慢」。這話聽起來當然很怪，但是在亞馬遜網站上，一本著色書目前高踞暢銷書榜第四名。總之，這對文具行老闆來說是樁好生意，因為只有環境優渥的人才會做這種事。他的顧客總是要求買最昂貴的色筆和最昂貴的著色書。

他拿了「杜勒水溶性彩色鉛筆盒」給我看。盒內有一百二十支「藝術家級的水彩鉛筆」，他說這些筆具有「優異的耐光性和光澤」。不過，他店裡賣得最好的商品是「柏林市區地圖著色海報」，長寬各兩公尺，用的是最好的紙張。他說這件商品經常賣完，他根本來不及追加訂購。據說大家會和朋友約吃晚餐，飯後再一起替這張海報著色。

外面剛下過一陣雨，此刻在那家文具行門口飄著椴樹花香，還有汽油和潮溼的柏油路面被陽光曬乾的氣味。隔著幾間房子是一家書店，櫥窗裡擺著大衛．福斯特．華萊士[24]那本《一件按理說應該有趣，但我永遠不會再做第二次的事》的精裝本，定價二十歐元。標題為《阿爾卑斯山》的那本成人著色書要貴上七歐元。

---

24 大衛．福斯特．華萊士（David Foster Wallace, 1962-2008），美國作家，長篇小說《無盡嘲諷》（*Infinite Jest*）被視為二十世紀末美國文學的重要作品，此處提及的《一件按理說應該有趣，但我永遠不會再做第二次的事》（*A Supposedly Fun Thing I'll Never Do Again*）則是一本雜文集。華萊士長年飽受憂鬱症之苦，後自殺身亡。

14

幾年前我必須去巴西一趟。一個委託人在那裡遭到逮捕，他試圖走私幾百公克的古柯鹼到歐洲來。要運送這麼大量的毒品是件複雜的事。職業罪犯的首要原則——獨自作案，不要向任何人提起——在這種買賣上很難堅持。我的委託人對他組織裡的某個成員威脅或利誘得不夠，結果被出賣了，如今已在里約熱內盧被拘留了六個月。

這座監獄是個惡劣的場所。石板地上淌著汙水，臭得像一條陰溝，囚犯盤腿坐在木板床上。牢房建造時預計每間收容八名犯人，現在卻住了二、三十個人，廁所就只是地板上的一個洞。許多犯人都生病了，牙齒脫落，皮膚起了溼疹，潮溼的牆壁上有大大的蟲子爬來爬去。這裡一再發生暴動，幾百人喪生，囚犯遭到當地犯罪集團的凌虐和殺害，屍體被肢解，沖進下水道。

我住在科帕卡巴納皇宮飯店，這是一間舒適宜人的飯店，興建於一九二〇年代，緊鄰著海灘。瑪琳・黛德麗、奧森・威爾斯、伊果・史特拉汶斯基和史蒂芬・茨威格[25]都曾經在這裡度過一段時光。飯店有一座游泳池，露台前面就是大海。我和當地的律師及口譯員會在那裡坐上幾個鐘頭，擬定辯護策略，並且討論有哪些途徑能讓這位委託人被引渡回歐洲。那個情境很怪異：我們眼前是世界上最知名的海灘，白沙上的陽傘下設有小型酒吧，身上塗過油的男子表演著巴西戰

25 瑪琳・黛德麗（Marlene Dietrich, 1901-1992），德國演員與歌手，在柏林展開其演藝生涯，後進軍好萊塢，以電影《藍天使》聞名國際，在三〇年代曾紅極一時。
奧森・威爾斯（Orson Welles, 1915-1985），美國導演、編劇與演員，他所執導的《大國民》被許多影評家認為是史上最偉大的電影。
伊果・史特拉汶斯基（Igor Strawinsky, 1882-1971），俄國作曲家，二十世紀現代音樂傳奇人物，知名作品包括《火鳥》和《春之祭》。
史蒂芬・茨威格（Stefan Zweig, 1881-1942），奧地利小說家、傳記作家和劇作家，知名作品包括《一位陌生女子的來信》《變形的陶醉》《焦灼之心》與《昨日世界》等。二戰期間為躲避納粹迫害而流亡海外，後於巴西自殺身亡。

舞，玩著足排球[26]，許多年輕女子穿著當地人稱「牙線」的緊身泳裝，而我們卻在這裡談著監獄裡的死亡和巴西令人難以理解的法律制度。

最後一天，我獨自坐在露台上，試圖靠著一本從飯店圖書室借來的葡英字典讀懂法院的決議。我喝著冰紅茶，吃著吐司麵包配上涼涼的切片黃瓜，這時一個胖子站到我桌前，他身上的麻料西裝皺巴巴的。他親切地問候我，喊出我的名字，但我卻認不出他。

「你不記得我了嗎？」他笑著問。他說著一口標準德語，只微微帶點英國腔。

「請見諒……」

「不，不，不要緊。」他打斷了我，把一雙手擱在肚子上說：「我的身材的確是有點走樣了。」然後他報出了他的名字：「哈洛德。」

就在這一刻我想起來了。三十多年前，我在一場婚禮上認識了哈洛德。他的一個遠親娶了我的一個朋友。那樁婚姻在兩年後以離婚收場，哈洛德稱之為「誤婚」。當時他在慕尼黑攻讀啤酒釀造、德語文學和哲學，而他認為這個組合「極其自然」。

我在暑假期間曾去北英格蘭拜訪過他幾次。他們一家住在一座建於十八世紀的城堡裡，當地人就只稱之為「那房子」。哈洛德說**那房子**「大概有一百二十個房間」，當然他也從來沒有數過。

他是家中的獨子，有朝一日將會繼承他父親的頭銜、**那房子**、那些景觀庭園、農林業、啤酒廠和魚塭。他的家族和哲學家羅素及社交名媛米特福姊妹有親戚關係，他會開玩笑地說起他在英國王位繼承順位中的排名。多年之後，慕尼黑的一位哲學老師跟我說哈洛德是他教過最有天分的學生。的確，他聰明過人，但是胸無大志。努力是件傻事，他說。暑假期間我們整天躺在**那房子**的屋頂上吃草莓，一邊聽他述說他那些親戚又有哪些新的軼聞趣事。

哈洛德在我身旁坐下。他的皮膚被陽光曬紅了，從前那頭金髮如今已成白髮。他招手請服務生過來。

我問他是否來此地度假。

---

26 足排球是一種結合了足球與排球的運動，起源於巴西。

「我住在這裡，大約有兩年了。」他說，「就這樣困在這兒了。食物和氣候都好，我也喜歡大海，只是不怎麼喜歡這片海灘。」

我問起他的家人。他說他父親在幾年前過世了。「我母親在結婚二十五年之後和另一個男人跑了，對方是個投資銀行家或馬術教師之流的人物。」

哈洛德的父親每天都穿著三件式西裝，但總是穿著黑色橡膠靴，我從未見過他穿別種鞋子。

「而你又為什麼沒待在英國呢？」

「這個嘛，」他邊說邊叫了杯冰涼的布哈馬啤酒，「夫妻分手毀掉了我父親。不是在財務上，這方面是有協議的，但是在其他各方面都毀了他。在婚姻中他對她大概並不好，可是在分手之後，他開始喝酒。然後……」

服務生端來了啤酒。水珠凝結在玻璃杯上。

「……然後，」他說，「他把**那房子**連同土地都轉讓給『國民信託』[27]。我還擁有四個房間的終身居住權。可是如今到處都被整理過，住起來不再那麼舒服。每天都有巴士載人來參觀。他們付四英鎊二十便士的入場費，購買印著**那房子**的明信片和鑰匙圈。」

「你父親為什麼這麼做？」

「這個嘛，我是我們家族最後一個成員，在我之後大概就沒有後代了。很可能將來我自己也不得不這麼做，也許他只是想替我省掉這個麻煩。」

我向他說起當年在他家的一個早晨。我起得很早，草地還溼溼的，防水燈發出灰綠色的燈光。船屋中擺著各式各樣被遺忘的東西：一把斧柄斷裂的斧頭、鐵罐裡乾掉的漆、一個繩索斷裂的救生圈。小船木板上漆著的淺藍色已經剝落。我把小船划到湖上，那裡很安靜，也很冷。然後，在高高的上空，灰雁大聲鳴叫，想必有幾百隻，是我從未見過的景象。

「是啊，那些灰雁，」哈洛德說，「我常常想起牠們。牠們飛往非洲，受到地球磁場的引導。我父親叫牠們**夜間旅人**。」

---

27 國民信託（National Trust），全名為「國家名勝古蹟信託」（National Trust for Places of Historic Interest or Natural Beauty），是英國一個獨立的慈善組織，成立於一八九五年，宗旨為保存歷史古蹟。該組織現有五百多萬名會員，在英格蘭、威爾斯和北愛爾蘭管理的物業多達數千筆。由於遺產稅高昂，許多家庭會將祖傳大宅贈與該組織託管。

「你不想念這一切嗎？」

哈洛德陷入思索。此刻我在他臉上又看見了當年那個年輕人。

「我認為不會，老友。」過了一會兒他說，「不，故鄉不是一個地方，而是我們的回憶。」

稍後哈洛德帶我一起去他朋友家吃晚餐。沒待多久我就受不了了，叫了一輛計程車回飯店。我在海灘旁下車，步行穿過那條燈火通明的大道，步道上用黑白兩色的大理石鋪成海浪波紋。天氣又涼爽了些，海面很平靜。我忽然想起我的父親。他光著腳站在河裡釣魚，戴著一頂褪色的草帽，嘴角叼著一根菸。他又瘦又高，皮膚被曬成了棕色，白襯衫的衣袖高高捲起，手錶錶面的玻璃一再反射著陽光。空氣中有剛割過的青草味。他送了一把紅色的瑞士刀給我，我那時六、七歲，坐在一塊石頭上，用瑞士刀削尖樹枝。等他抓到兩尾鱒魚，我們把魚用鹽揉過，用樹枝穿過魚身，拿在火上烤。我的雙手由於樹脂而又黑又黏，在河水裡也很難洗掉。我父親說樹脂可以做成瀝青。他說澳洲有一位物理學家，那人想知道瀝青流動的速度有多快，於是把熱熱的瀝青裝進一個圓筒，讓它慢慢變硬，再把那個圓筒倒過來。直到八年後才有第一滴瀝青滴落，又過了九年落下了第二滴，然後那個學者就死了。但是那個漏斗還在，這項實驗仍在繼續進行。

鱒魚的眼睛在炙熱的火中變成白色，魚刺很多，味道很差，但我們假裝那是山珍海味。我們決定去澳洲觀看下一滴瀝青滴落。我們將去拜訪那些原住民，我父親說，他們只知道現在，不知道過去和未來，他們的語言沒有述說過去和未來的字眼。我們得要問問他們對於瀝青的流動速度有什麼想法，他們將會向我們解釋這個祕密。我們看進火裡，想著世上最緩慢的這個實驗。

時間在當時並不存在，一如時間在回憶裡也並不存在。那就只是我們在河裡抓鱒魚的夏天，那時我以為一切都永遠不會改變。

如今我的年紀比我父親去世時還大——他死得早，我們始終沒有去澳洲。

在那之後已過了半個世紀，而一切都改變了。大家庭解散了，那些女傭、廚娘、園丁、司機也隨之消失，森林管理員和他那群狗也一樣，當年我很喜歡那些狗。我在其中長大的那座深綠色庭園早已賣掉。長著睡蓮的池塘和那道彎彎的木橋、紅土會黏在白褲子和鞋子上的網球場、落葉飄浮在淺藍池水上的游泳池、橘樹園、歷經滄桑的園圃、馬廄——這些東西都已不復存在。哈洛德說得對，我童年的悠長時光、我父親吐出的菸霧、夏天傍晚柔和的琥珀色光線——這個世界就只還留在我心中。

隔天早上，飯店服務人員交給我一個厚厚的信封。哈洛德說他酒喝多了，沒法下來吃早餐，祝我回程一路順風。信封裡是一本書，一本舊版的艾興多夫[28]詩集，我不知道他從哪兒弄來的。後來，在返回歐洲的夜班飛機上，我想起那些**夜間旅人**，就翻了翻那本書。哈洛德在書頁裡夾了一張**那房子**的醜陋明信片，在兩行詩下面畫了線。每當有人談起故鄉，我就不由得想起這兩句詩：

我們渴望回家
但不知家在何方？

（本篇原刊於二〇一八年七月六日的《畫報》〔*BILD*〕特刊）

---

28 艾興多夫（Joseph von Eichendorff, 1788-1857），德國浪漫主義詩人，他的許多詩作經由作曲家譜成歌曲而流傳至今，例如舒曼的《聯篇歌曲》（*Liederkreis*, Op. 39）。

15

電信公司新推出的資費方案被取名為「Magenta」。電話另一端的女子說這個方案比之前更划算，是「道地的競爭價格」。

Magenta（馬真塔）是義大利倫巴第大區的一座小鎮，距離米蘭市界幾公里。一八五九年，薩丁尼亞王國和拿破崙三世在此地合力對抗奧地利皇帝，爭奪在北義大利的統治地位。一八五九年六月四日，在那裡戰死的士兵不計其數，把土地都染紅了。Magenta 這個顏色（洋紅色）的名稱據說就由此而來。

16

據說馬克．吐溫曾說，如果天堂不准他抽菸，他就會放棄天堂。他說得對。明明就是在亞當和夏娃吃了知善惡樹的果子、被逐出樂園之後，事情才有趣起來。那種百無聊賴，那種腦袋空空和洋洋自得，終於結束。他們兩個成了人類，直到此時他們才得以認識這個世界，也認識自己。他們付出的代價是失去了永生——和《舊約聖經》裡的上帝打交道就是這樣，要麼就是全有，要麼就是全無。因此，前總理施密特[29]在我看來是最理想的吸菸者。每根香菸——他抽過的香菸可能遠超過一百萬根——基本上都在提醒我們勿忘自己終將一死，也總是提醒我們想到自己的生命。這與施密特很相稱。他有四條冠狀動脈做過繞道手術，還裝了心律調節器。但是就像一個真正的賭徒必須願賭服輸一樣，假如抽菸不是這麼不健康，或許也不會帶給他這麼多樂趣。因此，研發出健康香菸或是使用尼古丁貼片和尼古丁口香糖也大錯特錯（除了在長程飛行時）。那，戒菸呢？這個問題是認真的嗎？我一直擔心那些醫生會終於說服施密特放棄抽菸。另一個知名的吸菸者——季諾．柯西尼，伊塔羅．史維渥[30]小說中的主角——嘗試了足足六百四十頁。當他又一次成功，他說：「我完全被治癒了，但卻可笑得無藥可救！」

施密特從不可笑，雖然他抽的是雷諾牌薄荷菸——一種純白色的香菸，長十公分，只在濾嘴前有細細一圈綠帶。這種菸其實有點女性化，而且坦白說，味道也很差，薄荷腦糟蹋了菸草。但是他抽起這種菸極其優雅，經常把抽菸的過程當成一種儀式。他可以藉由專心點燃香菸和傲慢地吐煙，把每一番談話打斷幾秒

---

29 赫穆特．施密特（Helmut Schmidt, 1918-2015），德國政治人物，社會民主黨黨員，一九七四年至一九八二年擔任西德總理。卸任後擔任《時代週報》（*Die Zeit*）發行人，並撰寫政治專欄，直到去世都是深受敬重的公眾人物。

30 伊塔羅．史維渥（Italo Svevo, 1861-1928），義大利心理小說先驅。季諾．柯西尼（Zeno Cosini）是史維渥代表作《季諾的告白》中的主角，該部小說花了很多篇幅講述季諾戒煙的過程。

鐘，讓吐出的煙從其他人頭上飄過。那是一種演出，一切在其中都配合得恰到好處：他的冷靜、他的自負、他那些其實並不總是正確的分析和預言，還有他那有如羅馬雕像的頭部。

施密特總是在抽菸，不抽菸時就吸鼻煙。常有人說，性愛過後的那根菸是最棒的。這話當然不對，這根菸就跟其他每一根菸一樣重要。香菸是吸菸者的盟友，在他成功時陪伴著他，在他失敗時也與他同在，而且從來不會令他失望。我想像施密特在確定當選總理之後抽第一根菸的情景，或是當他必須決定施萊爾[31]生死的時候，那一刻他肯定也抽了菸。在必須做出決定的駭人寂寞中，抽菸幫助了他。

施密特用的是拋棄式打火機，而且直接從包裝裡取出香菸，這一向令我不解。我有一個原本屬於我父親的銀製菸盒和一個玳瑁打火機。這些配件很重要，打火機清脆的喀嚓聲、銀製菸盒沉甸甸的重量、彈開的菸盒，這一切也是對抗世間之醜陋與粗野的一種保護。不過，一個政治人物或許必須做出這種妥協——就像那頂可笑的水手帽，和施密特那身完美的西裝一點也不相稱。

如今施密特已逝，而到處都禁止吸菸。我們無法想像梅克爾總理會在某個談話性節目裡抽菸，或是把鼻煙抹在鼻子上。有人說抽菸不再適合我們這個時代，說吸菸會導致癌症、心臟疾病、使皮膚老化並汙染環境。這些話都說得沒錯，我心想，一邊點燃一根香菸。然後，在抽菸時，我想起法國導演高達[32]的電影《斷了氣》。我還記得第一次看這部電影的情景，那是在羅馬一間位於地下室的小戲院裡，紀念這部片上映二十五週年。楊波貝蒙[33]在第一個鏡頭裡就在抽菸，而且在整部片裡都繼續抽著。在最後一幕，當他受了槍傷，沿著街道往下跑，他仍舊還在抽菸；當他倒下，吸了最後一口，然後香菸從他嘴裡掉出來，滾落在鋪石路

31 漢斯—馬丁·施萊爾（Hanns-Martin Schleyer, 1915-1977），德國商界人士，一九七三年起擔任聯邦雇主協會主席，由於他曾在二戰期間擔任納粹黨衛軍軍官而受到批評。一九七七年，赤軍團恐怖分子綁架了施萊爾，要求政府釋放十一名被監禁的赤軍團成員，此一要求遭到西德政府（當時的總理是施密特）拒絕，施萊爾遂被殺害。

32 尚盧·高達（Jean-Luc Godard, 1930-），著名法國和瑞士籍導演，法國新浪潮電影的代表人物，知名作品包括《斷了氣》與《阿爾發城》等。

33 楊波貝蒙（Jean-Paul Belmondo, 1933-），法國電影男星，早年在法國新浪潮電影中崛起，後來在許多動作片中擔任主角，是歐洲知名演員。

面。他無聲地對他迷人的情人珍・西寶[34]說她令人作嘔，對她笑了一下，然後就死了。

沒錯，當然，我們必須戒菸，過理性的生活，我們也不該再攝取糖分，不該再吃肉，非這樣不可。而施密特的偉大之處就在這裡：他對這一切都不感興趣。

（此篇原刊於二〇一五年紀念施密特的《明鏡週刊》特刊）

34 珍・西寶（Jean Seberg, 1938-1979），美國女演員，由於在電影《斷了氣》中的演出而成為許多觀眾的偶像。

17

美國總統川普沒有能夠勝過《Pokémon GO》，這款手機遊戲是二〇一六年 google 最常被全世界搜尋的字眼，其次是 Apple 的 iPhone 7。川普必須屈居第三，這和他的習慣不合。當他在倫敦拜會英國女王，和她一起檢閱儀仗隊，他走在那位老太太前面一步。

根據宮廷禮儀，在正式場合，女王八十歲的王夫菲利普王子永遠要跟在她後面。

18

我們在柏林市中心的波茨坦廣場碰面。索尼中心的屋頂是依照富士山的意象而建，那是日本的聖山，眾神住在那裡，據說會保護我們。我們喝了一杯咖啡，廣場上有幾百個人，你可以購買手機、首飾、報紙和紀念品，或是為眼睛做個雷射手術。

從這裡到基輔不到一千四百公里，飛行時間只要兩小時，那裡是個全然不同的世界。這位律師三十多歲，是個瘦削的女子，穿著單薄的洋裝，顯得柔弱。但是她槓上了所有人──槓上了所謂的頓內次克人民共和國和盧干斯克人民共和國[35]，槓上了非正規軍隊，槓上了俄羅斯聯邦和普丁本人。她說起她國家的酷刑──在各地有超過七十五間地窖，男男女女在那裡受到折磨、殺害，或是被強行帶走，像動物一樣被關起來。為了壓制反抗，那些強暴、刑求、謀殺都是有計畫地在進行。那些人想讓東烏克蘭成為俄國的一省。這位女律師說：「基本人權在我們的國家並不存在，就連單純的法律都不再適用。」她說她的組織能做的就只是記錄這些罪行。她曾看見地窖牆上的血跡被洗去、遇害者的名單被銷毀，以及死刑判決書被燒掉。那些施暴者也知道違反人性的罪行沒有法定追訴期。總有一天會需要證據來了解過去。

一個騎著滑板車的小孩撞上了鄰桌，一個疊了三層的冰淇淋掉在一名男子懷裡，他罵了一聲。我們忍不住笑了，在那一刻，這位女律師看起來就像是過著完全正常的生活。「為什麼不能永遠這樣呢？」她說。

我們談起彼此家族的過去。她的猶太裔祖父母被納粹逐出維也納，後來被納粹殺害。她的母親得以逃走，去投靠遠方的親戚，對方是烏克蘭的農民。這位女律師在基輔長大。她說她家族的命運是推動她的力量，所以她才能堅持下來。

---

35 這兩個共和國原是烏克蘭東部的頓內次克州和盧干斯克州，二〇一四年，親俄武裝分子占領這兩個地區後自行宣布獨立建國，但並未得到國際社會的承認。

我的祖父巴度爾・馮・席拉赫當時是納粹維也納大區的長官。一九四二年，他在一次演講時說：「每一個在歐洲活動的猶太人都對歐洲文化構成危險。」他負責將猶太人從維也納運走，所以也要對這位女律師家人的命運負責。他說那是「對歐洲文化的積極貢獻」。也許我之所以成為今天的我，也是因為對他這種言行感到憤怒和羞恥。

我問她：這些罪行從何而來？為什麼會有這些罪行？她的目光越過桌面望向空無，沉默不語，一會兒之後才說：「源自於仇恨。」她說：「即使發生在我國的謀殺行為不能和納粹對猶太人的大屠殺相提並論，但事情永遠是源自於愚蠢的仇恨。」

她的手機響起，她站起來，說她得走了。她的眼神很疲倦。我們向彼此道別。

我再度坐下，再點了一杯咖啡。這是柏林夏末一個溫和悠長的下午。技術人員此刻正把巨大的螢幕掛上索尼中心，據說明天將有一部賣座全球的鉅片要上映，好萊塢巨星將會出席。

在幾公尺之外是人民法院[36]，羅朗・弗萊斯勒（Roland Freisler）自一九四二年起擔任院長。他做出了兩千五百個死刑判決，由他主持的審判是被國家合法化的謀殺。他主持審理的過程有許多被拍攝下來。在一段影片中可以看見馮·維茨勒本[37]元帥。他在被拘留期間消瘦了，有人拿走了他的長褲背帶和腰帶，他必須抓住他的長褲，免得褲子滑落。弗萊斯勒對著他大吼：「幹麼老是去抓褲子，你這個骯髒的老頭。」

一九四五年二月三日，柏林一片積雪，天空明亮清澈。同盟國聯軍在這一天進行了一場空襲。弗萊斯勒跑向防空洞，在法院的院子裡被炸彈碎片擊中，當場死亡。在他的公事包裡放著起訴法比安·馮·施拉布倫多夫[38]的文件，那是位參

36 人民法院（Volksgerichtshof）為希特勒於一九三四年下令在柏林成立的特別法院，在《憲法》框架外獨立運作，用來審理廣義的政治犯罪。審判過程往往流於形式，宣判死刑的比率很高。

37 馮·維茨勒本（Erwin von Witzleben, 1881-1944），出身貴族的德軍元帥，因參與一九四四年七月二十日刺殺希特勒之舉而被處決。

38 法比安·馮·施拉布倫多夫（Fabian von Schlabrendorff, 1907-1980）在二戰期間屬於暗中反抗希特勒的一群軍官，曾試圖將炸彈偷渡到希特勒的專機上引爆，但沒有成功。一九四四年，在七月二十日暗殺希特勒之舉失敗後的大規模搜捕行動中被捕。

與暗殺希特勒行動的年輕軍官。弗萊斯勒肯定也會將他判處死刑，一如在他之前的所有其他人。

戰後，施拉布倫多夫成了德國聯邦憲法法院的法官，參與了許多重大裁決。當時，聯邦憲法法院發展出「人之尊嚴」這個法律概念。「人之尊嚴」擺在《德國憲法》的開頭並非偶然，「人之尊嚴不可侵犯」是這部《憲法》最重要的一句話。《基本法》的這第一條具有「永久保障」，只要《基本法》還適用，就不能更改。「人之尊嚴」是啟蒙時期的偉大理念，能夠化解仇恨和愚蠢，這個理念對生命是友善的，因為它知道我們的有限，透過這個理念，我們才在深刻而真實的意義上成為人類。可是「人之尊嚴」並不像一條手臂或一條腿一樣是人體的一部分，而只是個理念，它是脆弱的，我們必須加以保護。

來自基輔的這位律師說得對。根據柏林反猶太主義監察組織[39]的資料，二〇一七年在德國首都記錄有案的反猶事件共有九百四十七件，比前一年增長了六成。以仇恨的態度來面對世界是最可怕、最幼稚，也是最危險的。情況愈來愈糟，而且這些犯罪行為早已不再是邊緣現象。

埃里希．凱斯特納[40]寫道：「過去必須說話，而我們必須聆聽。在那之前，我們和過去都不得安寧。」這話說得沒錯。我們必須理解我們如何成為今日的我們，也必須理解我們可能再度失去什麼。當我們發展出意識，並沒有什麼理由顯示，有朝一日我們的行事原則會與我們的猿人祖先有所不同。假如按照大自然的法則，我們就也會把自己所增長的能力用來殺死弱者。但是我們做了不同的事。我們為自己制訂了法律，建立不偏好強者，而是保護弱者的道德規範。這就是使我們身而為人的最高意涵：對他人的尊重。古波斯帝國的居魯士大帝在三千年前解放了奴隸，他宣稱人人都有選擇宗教信仰的自由，儘管出身不同，每個人都應該受到同等的對待，這在人類史上是頭一遭。居魯士大帝的律令就寫在《世界人權宣言》的前四條裡。今天如果我們不保護少數——不管他們是猶太人、移民、難民、同性戀者還是其他少數族群，我們就會重新陷入蒙昧之中。英國《大憲

---

39 反猶太主義監察組織（Recherche-und Informationsstelle Antisemitismus，簡稱 RIAS）乃一民間組織，監察針對猶太人而發生的暴力行為。二〇一五年成立於柏林，二〇一八年成立了全國性的總會。

40 埃里希・凱斯特納（Erich Kästner, 1899-1974），德國作家、詩人、出版家，以幽默諷刺的詩文著稱，也是家喻戶曉的童書作家。

章》、美國《人權法案》、法國《人權宣言》，以及如今自由世界各國的《憲法》，這些都是我們的勝利，讓我們超越了自然，也超越了自己。就算我們極端厭惡去碰觸今日的暴行，也別無選擇。只有我們能夠去對抗這種野蠻、厥詞和猖狂。

我問過這位律師，問她為什麼承擔這一切。她說：「不然該由誰來承擔呢？」

（本篇原刊於二〇一八年五月十九日的《文學世界》〔*Literarische Welt*〕）

19

一九六二年，一名四十歲的已婚婦女做了絕育手術。那位醫師因此被判有罪。位於策勒（Celle）的下薩克森邦高等法院宣稱絕育是種「人身傷害」，因為該名女性只是想要「放任自己縱慾」。

二〇一七年，一名婦人向一家醫院提告索賠，說她丈夫動過多次脊椎手術，如今他性無能，而她「之前圓滿的性生活」受到了「損害」。位於哈姆（Hamm）的北萊因—威斯特法倫邦高等法院駁回了這樁控告。

20

在人生某個時候我們就不再有榜樣，因為我們知道得太多——對自己知道得太多，對別人也知道得太多。麥可．漢內克[41]在我眼中是唯一的例外。藝術不是民主過程，也不是社會過程，正好相反，藝術必須毫不妥協，而我沒見過比他更不妥協的藝術家。他的作品精準、不流於濫情、毫無陳腔濫調——這一切經常在我想要放棄時使我振作起來。

亞由美來自京都，在柏林的藝術學院修習音樂。有三年的時間，她幾乎每天都坐在一間小小的練習室裡彈鋼琴。夏季裡因為室內太悶，她會把窗戶打開。我的事務所就在藝術學院附近，有時我從她的窗下經過，就會停下腳步，用抽一根菸的時間聽她彈琴。偶爾我們會在一家咖啡館碰面，她喜歡西洋梨蛋糕。我們聊起她的練習、她的老師，聊起俳句這種日本短詩。她說俳句就像音樂一樣直接，人人都能立刻理解。她特別喜歡僧人良寬圓寂之前口授，由一位尼姑聽寫下來的一首俳句。亞由美在一張餐巾紙上用德文和日文寫下這首詩，分別用這兩種語言朗誦給我聽：

有時露出背面，
有時露出正面，
一片飄落的楓葉。

在我第四次或第五次跟她見面時，發生了一件怪事：她在一句話說到一半時忽然住口，看出窗外，一動也不動；幾秒鐘之後她才繼續說話，彷彿什麼事也不

---

41 麥可・漢內克（Michael Haneke, 1942-），奧地利導演及編劇，曾以《白色緞帶》和《愛・慕》兩度獲得坎城影展金棕櫚獎。其他知名作品包括《鋼琴教師》和《隱藏攝影機》等。

曾發生。幾個星期之後，這種停頓的時間變長了。我終於問了她這是怎麼回事。

「喔，」她說，「我掉出了時間之外。」最先消失的是語言，然後是咖啡館、樹木、人行道，最後是她自己。在這種時刻一片寂靜，日常所受的傷害煙消雲散，黑暗和沉重也煙消雲散。她說這至少是個開始，說時露出微笑。當時我以為我懂得她的意思。我錯了。

她在畢業演奏會上昏厥，癱倒在地上，頭部撞到鋼琴。一輛救護車把她送到醫院，照了X光，醫生發現了一顆腦瘤，有乒乓球那麼大。

她的父母從日本趕來。她父親身材矮小，戴著厚重的牛角框眼鏡；她母親穿著一件黑色洋裝。他們向醫生鞠躬，非常安靜。當我最後一次見到亞由美，她已經無法言語，嘴唇就跟皮膚一樣蒼白，看起來彷彿沒了嘴巴。幾天後她就死了。

她的父母希望把她葬在家鄉。我協助他們處理相關文件，我能做的就只有這麼多。我們看著那個木箱被推進飛機的貨艙。那是個普通木箱，平常用來運送衝浪板、落地燈或是鋁合金型材。但是在那個木箱裡有一具棺木，棺木裡有一個焊死的鋅槽，裡面裝著木屑、泥炭和穿著白色洋裝的亞由美。

那架飛機起飛了，就像當日的其他每一架飛機。我仍然坐在機場大廳裡，等待著某件事發生。眾人看著他們的手機，點了食物和飲料，討論足球比賽的結果。就只有這樣。我搭了計程車回家。

這天晚上，我第一次觀看漢內克執導的《隱藏攝影機》。那時我擔任刑事辯護律師已經超過十年，但是直到那晚在戲院裡，我才頭一次明白究竟什麼是罪過。心理學家和精神科醫師說沒有罪過這回事，他們以為這種話會有幫助，而或許也的確有幫助，但事實並非如此。我們每一天都在犯下罪過。在漢內克執導的《完美結局》裡，人們殺人、傷人、欺騙、隱瞞。他們沒法不這樣做。他們站在彼此旁邊，不碰觸彼此，不注意彼此，或是覺得彼此惹人厭煩而令人尷尬。每個人都寂寞，而人人都對彼此感到陌生。當他們自以為相愛，就在電腦螢幕的藍光裡寫下關於性愛和毀滅的文字。有一次，十三歲的伊娃對她父親說：「我知道你不愛任何人。你沒有愛過媽媽，你不愛安妮絲，不愛克萊兒，也不愛我。這也無所謂。」

漢內克的每一部電影都令我不安。我分了四次才把《大劊人心》看完。我再也沒有看過一部把暴力描繪得如此真實的電影。片中的謀殺不像在昆汀·塔倫提諾的電影中那般惹笑的流行文化演出。觀看《白色緞帶》是我唯一一次在一間客滿的戲院裡體驗到全然的寂靜。沒有人吃爆米花，沒有人咳嗽，沒有人說話。《愛・慕》讓我想起因惹・卡爾特斯的《最後的自省》[42]。《完美結局》裡的喬治說起他妻子的死亡：「受了三年沒有意義、令人嫌惡的折磨，最後我把她悶死了。」當時我想到蘇格拉底：在他生命的最後一刻，他請朋友向醫神獻祭一隻雄雞——死亡療癒了生命。

總之，對我來說，漢內克的電影就像俳句。它們準確地說出了它們想說的，此外別無其他。片中有祕密和影射，故事從來沒有完全解開，但是沒有隱喻，一如生活中沒有隱喻。一首俳句的畫面立刻呈現，單純而且完美。我們在學校所學則正好相反。文學、戲劇和美術在只有少數人能理解時才有地位。馬丁・海德格[43]寫道：「讓別人理解自己，這是哲學的自殺。」別人告訴我們，複雜的事物才有價值，但這是一派胡言。事實上，最簡單的東西才最難。漢內克的電影令人信服，因為這些電影質疑了我們自身，表明了這些質疑沒有答案。這也許是我們唯一的真相，我花了很久的時間才明白這一點。

我年輕時覺得最重要的一個問題是：什麼是「惡」？那時我剛成為執業律師，而我經手的第一個重大案件是一個殺嬰的年輕母親。我去監獄探望她，滿腦子都是那些大哲學家的學說，我讀過柏拉圖、亞里斯多德、康德、尼采、羅爾斯和波普，但現在一切卻忽然不同了。牢房的牆壁漆成綠色，據說這能使人冷靜。那個年輕女子坐在一張小桌旁邊哭泣。她哭泣是因為她的孩子死了，她被監禁，而她的男友不在了。就在這一刻，我明白了我一直都問錯了問題。重點從來都不在於理論和制度。生命只有短短一刻，幾年之後我們全都會死。我們有限、脆弱、易受傷害，儘管我們偶爾自以為能夠，但其實我們從來都無法完全理解自己的人生。歌德在兩百多年前寫道：「人類一生下來就處於一種受限的狀態；他能領會簡單、明確、近在眼前的目的；〔……〕可是一旦他走得遠了，他就不知道

42 因惹・卡爾特斯的《最後的自省》（暫譯，德文書名為 *Letzte Einkehr*）收錄了他二〇〇一年到二〇〇九年的日記，目前尚無中譯本。

43 馬丁・海德格（Martin Heidegger, 1889-1976），德國哲學家，早期著作對現象學和存在主義有所貢獻，晚期著作則影響了詮釋學和後結構主義，成名作《存有與時間》於一九二七年出版。

自己想要什麼，也不知道自己該做什麼。」這句話的中肯之處，在於它的樸素。至少對我來說，「善」「惡」「道德」「真相」這些概念如今變得太大、太廣。有二十年的時間我替謀殺犯和殺人犯辯護，見過鮮血淋漓的房間，見過被割下的頭顱、被扯下的性器、被切碎的身體。我和身處深淵邊緣的人談過話，他們赤裸、崩壞、迷惑，對自己感到震驚。而在這麼多年以後，我明白了人類是善還是惡這個問題完全沒有意義。人類無所不能，他可以譜出《費加洛婚禮》，建造出西斯汀教堂，發明盤尼西林，也可以發動戰爭，姦淫擄掠和殺人。這始終是同樣的人類，這個光芒四射、絕望、飽受折磨的人類。

「軟弱而徹底地被交付給一種完全陌生、帶有威脅的東西：生活，大自然；被交付給一種對人類、對生命懷有敵意的存在，被交付給蒙昧、沉默和瘋狂。」——這是漢內克年輕時替托馬斯．伯恩哈德[44]小說《毀滅》（*Auslöschung*）所寫的書評。如今我覺得這是他電影作品的綱領。我們當然想要替這一切找到解釋，這種想望是我們與生俱來的，我們別無選擇。我們剛開始理解生物學上的生命如何形成，我們就快要理解宇宙的起源，但是我們無法回答那個根本的問題，那個**為什麼**。我們無法超越於我們的語言之上，永遠只能用**我們的**理智來理解我們的生活，永遠只能用**我們的**概念來描述，因為我們沒有別的概念可用。但是這些概念對大自然來說沒有意義，對生命、對宇宙來說也沒有意義。重力波無所謂善惡，光合作用沒有良知，我們也不能贊成或反對地心引力。這一切就只是單純存在著。到最後，就像哲學家巴斯卡[45]《沉思錄》的那句名言：「無限空間的永恆沉默使我戰慄。」托馬斯．伯恩哈德把這句話放在他的小說《精神錯亂》（*Verstörung*）的扉頁。

而這意味著什麼呢？難道人生果真沒有法官在上？要是有呢？有沒有可能是我們弄錯了呢？這我們不知道。也就是說，我們必須接受說生命有意義就跟說

---

44 托馬斯．伯恩哈德（Thomas Bernhard, 1931-1989），奧地利作家，年少時命運坎坷，疾病和死亡因而成為他創作的主題。他總是以犀利的目光探討人類存在的終極本質，是戰後一代享譽國際的德語作家。

45 巴斯卡（Blaise Pascal, 1623-1662），法國數學家、物理學家、化學家、神學家、哲學家，早年作品偏重自然科學，後來轉向哲學與神學，由他遺留下來的札記集結而成的《沉思錄》在他死後才出版，是歐洲思想史上的重要著作。

生命沒有意義一樣傻，這正是漢內克向我們提出的問題。但這並非冷漠的虛無主義，並非玩世不恭的世界觀，並非迴避，也不是放棄。正好相反。我們惴惴不安地離開戲院，明白我們必須要針對自己再三思考。在《完美結局》的末尾，喬治對伊娃說：「這就是我想告訴妳的整個故事。」

（本篇是為漢內克《完美結局：分鏡劇本》所寫的序，該劇本於二〇一七年出版）

21

我受邀到耶拿（Jena）參加一場作品朗誦會。下午我的經紀公司傳來一則訊息：出版我作品的土耳其出版社，由於該國總統宣布進入「緊急狀態」而被關閉；只有我的劇作仍在伊斯坦堡和安卡拉上演。

包括四千位法官和檢察官在內，有超過十三萬名公務人員被免職，七萬七千多人遭到拘捕。政府關閉了一百九十三家媒體和出版社，一百六十位記者被關押。無國界記者組織說這是一場「規模前所未見的鎮壓」。

土耳其國會議長卡拉曼（Ismail Kahraman）宣稱：「攻擊我們價值觀的那些人，我們要扭斷他們的手，割掉他們的舌頭，毀掉他們的生活。」

我在老城散步，距離朗誦會還有一點時間。在大學主樓前面，文學家席勒的銅雕胸像矗立在一個基座上。一七八九年，席勒在那裡發表了受聘為該校教授的就職演說：「勤奮、天賦、理智和經驗在世界的悠長歲月中終於帶回來的一切，對我們而言都是寶藏。」

22

約旦。我們在安曼一座開了冷氣降溫的鋼骨玻璃大廈裡協商了四天。晚上我從飯店的屋頂露台眺望這座無比古老的城市，望向遼闊天空裡的粉紅色光亮。三千年前的希臘人稱這個地方為「非拉鐵非」（Philadelphia），意思是「友愛」。幾公里之外的人在互相殘殺。飯店經理說，已經有四百萬敘利亞人逃來了約旦。

等到所有文件都簽署完畢，在飛機起飛之前我還有一天的時間。我想去看看電影《阿拉伯的勞倫斯》的拍攝地點，於是租了一輛Landrover，驅車前往瓦地倫山谷。我在兩座花崗岩壁之間下了車，脫下外套，在背光處坐下，氣溫接近三十度。在此地，一切都遼闊、緩慢、無聲。我把相機留在車上。沙漠是無法拍攝的，一如大海、天空和黑夜。在這裡沒有目的地，沒有過去，沒有故事。沙漠不適合人類，而人類也不適合沙漠。

一九六〇年一月四日，卡繆打算搭乘火車前往巴黎，和妻子一同去盧爾馬蘭（Lourmarin）拜訪卡繆的米歐爾．加利瑪[46]表示可以載他一程。加利瑪駕駛的是一輛新的深綠色四人座轎車 Facel Vega。雖然卡繆已經買了火車票，他還是接受了這個邀請，他的孩子則搭乘火車。

那條馬路很窄，幾乎全是彎道。美國製的引擎對那部優雅的法國車身來說馬力太強，駕駛裝置不夠精密，方向盤也太鬆。大約下午兩點，在維勒布勒萬（Villeblevin），一個輪胎爆胎了。車子撞上一棵法國梧桐，斷成兩截，卡繆當場死亡。加利瑪五天後死於醫院，他的妻子、女兒和他們養的狗則倖免於難。

事發之後，警察在那輛車子旁邊找到卡繆的公事包，裡面放著他的護照、日記、一本莎士比亞的劇作、尼采的《歡愉的智慧》，還有他那部新小說的手稿，標題是《第一人》。

這部遺作描述了他人生的開端：在炎熱的阿爾及利亞度過的童年、那個世界裡沉默寡言的居民，和當地的貧窮。卡繆在一則注釋裡寫道，他想把這本書當成寫給他母親的一封信，直到最後幾行，讀者才得知她是文盲。

也許卡繆從不曾寫得更好，他筆下的畫面艱苦而貧瘠，精確勾勒出的陰影，就像這座沙漠山谷裡的沙，割進你的皮膚。

---

46 米歇爾·加利瑪（Michel Gallimard, 1917-1960），法國知名出版人，加利瑪出版社創始人加斯東·加利瑪（Gaston Gallimard, 1881-1975）的姪兒，也是作家卡繆的好友。

23

清晨六點他坐在床上抽菸——雖然此處禁止吸菸。這裡和他住過的其他旅館房間一樣：兩條巧克力棒擺在褐色的迷你吧裡、真空包裝的花生、一個印著廣告的塑膠開瓶器，和一把淺棕色的人造皮椅。旅館是他公司訂的，印出的資料上寫著「最佳價格保證」。房門鑰匙是一張磁卡，通常都不管用。旅館裡有「免費區域網路」和「寬敞的座椅區」，在接待櫃檯旁邊有一個「摩登的運動酒吧」，播出「實況轉播」。房間裡有消毒劑和肥皂的味道，有花卉圖案的地毯據說能吸掉所有噪音。

他結婚十五年了。而他再也受不了她了。受不了她吃飯的樣子、她的呼吸、她睡覺時的動作、她搽的指甲油的顏色。他從來沒對她說過，因為他不習慣抱怨，但是這兩年來他再也受不了了。現在他必須要告訴她，要把事情對她說明白。我就只有這一生，他想，不能重來，也沒有彩排。然後他的思緒糾結，因為他不想傷害她，也因為他寂寞，覺得自己幼稚而自私。他的父親——這些日子他常常想起他父親——當了一輩子的理髮師。等到他老得無法再替人剪頭髮，他還是會清洗毛巾，把掉在地板上的頭髮掃成一堆。這個男人和同一個女人結婚超過五十年，從不曾有過懷疑。「這樣的婚姻就這麼拖了下去，」他曾說，「但是你又能怎麼辦呢？」

桌上擺著一本光面雜誌，封面上是個女郎，一張毫無防備的臉。其他的東西都不見了，他心想，有霉斑的公事包、鐘面褪色的時鐘，就連鋼筆和寫了字的紙張都消失了。他的手機「無邊框」，這手機就像房間牆面上的商業美術品，就像電梯裡播放的音樂，就像打出他名字來問候他的電視機。桌上的水果擦得晶亮，旁邊擺著一家香菸公司的廣告，該公司研發出一種裝置，只把菸草加熱，但不再燃燒。

他忽然想起幾個月前的飛機上，坐在他鄰座的陌生女子。飛機降落時，她問他能否讓她握住他的手。降落之後，他們還久久握著手坐在座位上。後來他再也沒見過她。

他想著在他之前曾有無數個男子在這個房間睡過。他想像著他們的人生：在類似這種飯店裡舉行的婚禮，入口大廳嵌著仿大理石、玻璃和黃銅。然後有了孩子，一輛新車，貸款買房，盼望拿到下一張訂單和年終獎金。他們在這裡夢到接待櫃檯的金髮小姐，他們穿著藍色西裝，用房間裡那張可以打開的燙衣板把長褲熨平。然後有一天，他們就像他一樣，坐在飯店的床上。事情總是這樣結束。這個世界不欠他什麼，不欠他同情，也不欠他安慰，這一點他很清楚。

四個月後，他仍然沒有和妻子分手。他們在週末去看一部她想看的愛情片。他在過道上倒下，躺在紅色的地毯上，躺在他替她買的爆米花裡。他自己不喜歡爆米花，但是此刻爆米花黏上他的長褲、他的襯衫和他的頭髮。在醫院裡他二度心肌梗塞，死了。

24

黃金時段的談話節目。節目無傷大雅，有幾次那些政治人物打斷了對方的話，女主持人又使他們冷靜下來。

這個節目在所謂的「社群媒體」上得到即時評論。節目來賓被說成「反社會的神經病」和「低級」，一個男的被說成「醜到爆」，一個女的被稱作「逃稅的蕾絲邊」，其他人則被描述為「酒鬼」「告密者」和「說謊的叛徒」，應該要「往他們臉上揍一拳」，「割掉他們的蛋蛋」，還說他們「不值得活下去」。

一個政黨的黨魁出現在夜間新聞裡，該政黨在聯邦議會占有席次。他在一場群眾集會上說：「希特勒和納粹只是德國一千多年輝煌歷史上的一坨鳥屎。」這不是口誤，不是說溜嘴，不是講稿上的打字錯誤。那個政客所說的就是他想說的話：死去的六千五百萬軍民，被屠殺的六百萬猶太人都不算數。他了解那些叫囂的聽眾，知道他們想聽什麼，他也知道記者會報導些什麼。是語言改變了我們的意識。

47 幾星期後，德國聯邦警察帶著一個突尼西亞人從杜塞爾多夫搭機前往突尼斯。據說此人曾是賓拉登的近身護衛，曾經在清真寺講道時散布過薩拉菲運動煽動仇恨的言論。他們說他是個「危險分子」，但是沒有法律說明這究竟是什麼意思。事實上，此人從未被判過罪，聯邦檢察機構在十一年前就中止了針對他的訴訟程序，理由是懷疑證據不足。這個「危險分子」不是「嫌犯」。

此人提出的三項控訴目前正在行政法院受到審理。當局想把這名男子驅逐出境，但行政法院說在審理過程尚未結束之前不能將他驅逐出境。法院把這個決議傳真給聯邦警察局，這份傳真晚了一步，飛機在一個半小時以前就已經升空。於是行政法院下令，必須把這名男子再帶回來，說把他驅逐出境乃是「嚴重違法」，「違反了法治國家的基本原則」。市政府提出抗告，結果輸了。任何一個政府機構都不准無視仍在進行中的審理程序或法院決議，法院必須要能信賴這一點。高級行政法院稱之為「明顯違法」。不管當事人是誰，法律都要保護它所鄙視的人。

一份中產階級報紙的主編替網路版寫了一篇短文，說法院的這項決定顯示出這個法治國家運作正常。

讀到這篇短文的讀者被激怒了，在極短的時間裡就在該報的網頁上留下幾百條留言，威脅那個主編將會「受到懲罰」。有一個人說行政法院的這項決議「只是技術官僚的叫罵」，另一個人詰問：「對德國民族沒有好處只有壞處的法律，算是哪門子的法律？」

漢斯・法朗克[48]屬於最早追隨希特勒的一批信徒。早在一九二三年他就參與

47 薩拉菲運動是遜尼派穆斯林中一種極端保守的運動，以薩拉菲主義學說為基礎，嚴格效法先知穆罕默德及其早期追隨者，拒絕宗教上的創新或「異端」，支持實施伊斯蘭教法。在世界各地進行恐怖攻擊的聖戰士便是此一運動的激進流派之一。

48 漢斯・法朗克（Hans Frank, 1900-1946），德國納粹黨政治人物，自一九一九年起即擔任希特勒的律師，後來成為第三帝國的最高司法官員。擔任波蘭總督期間，負責監督大規模屠殺猶太人的行動，二戰結束後，在紐倫堡大審中由於違反人道罪被判處死刑。

慕尼黑的「遊行到統帥堂」事件[49]，納粹把這批人稱為「老戰士」，視之為榮譽頭銜。漢斯．法朗克後來當上巴伐利亞的司法部長，不久之後擔任「各邦司法一致化及法律秩序更新委員」。後來他當上「波蘭總督」，波蘭人稱他為「克拉科夫的猶太人屠夫」。他在一九三三年的德國法學大會上宣稱：「凡對德國民族有益者皆為正當，凡對德國民族有害者皆為不正當。」

49　統帥堂（Feldherrnhalle）是慕尼黑市區的一座歷史建築，由巴伐利亞國王路德維希一世下令建造，象徵巴伐利亞的軍事力量。一九二三年十一月，希特勒宣布推翻共和政府，納粹黨員走上慕尼黑街頭，與警方在統帥堂前發生衝突，雙方均有死傷，希特勒及其黨羽後來遭到逮捕判刑。一九三三年納粹奪權成功，就把一九二三年「遊行到統帥堂」（Marsch auf die Feldherrnhalle）事件，塑造成建黨先烈艱辛奮鬥的事蹟。

25

那花了將近四個小時。公證人唸得很慢，彷彿在思考每一句話。律師花了好幾個星期商訂這份文件，他們穿著昂貴的西裝，戴著大大的手錶。這份文件涉及工廠、股票、土地、房屋、貨櫃船和一艘在地中海的遊艇。遺囑的執行和遺產稅，每一個細節都處理妥當。我對《遺產法》或《稅法》一竅不通，只是個客人。當事人請我列席，也許是因為好幾年前我曾經幫過她的忙。窗外就是老城區，中古時期斜屋頂上凸出的天窗，百葉窗板漆成藍白色或綠色，七百年的市民文化。

公證人總算唸完了文件，問大家是否都同意。當事人看向那幾位律師，他們全都點點頭。她簽署了那些文件，她的字跡有點不穩。我從未見過她使用手機，無法想像她會坐在電腦螢幕前面。她八十四歲，體重大概只剩下五十公斤，而且病得很重。等她死後，她的財產將會移轉給一個公益基金會，這是她今天簽字確定的事。

等她簽署完畢，大家都站起來，彼此握手。當事人看起來很疲倦。一名辦公室職員替我們把大衣拿來。

外面很冷。當事人的司機在門口等候。在車上她說現在事情辦妥了，她心裡輕鬆多了。

我們搭車前往老城區一家幾乎無人的酒館。牆面上貼著用拳擊手的老照片製成的壁紙，當中懸掛著預告拳擊大賽的海報。就這位老太太來說，這是個奇怪的場所，她似乎與這個地方並不相稱。老闆親切地招呼她，帶我們到一張桌子旁。她說這間酒館在幾年前一度破產，本來得要關門大吉，因此她買下了這棟房子，老闆只需要付她一點點租金。

「要知道，這間酒館是和我過去人生的最後一點聯繫。」她說。她走向那些照片，說出那些拳擊手的名字，對每個人她都有個小故事可說。今天我第一次看見她露出微笑。我請她再多說些故事給我聽。

「說出來您也許不會相信，但是我唯一愛過的男人是個拳擊手，重量級的。

我的父母反對這段關係，說這個男人根本不適合我。後來我結過兩次婚，但是感覺再也不曾像和他在一起時一樣。我還是年輕小姐時，開著一部大轎車，我總是把車子停在幾條街之外，免得讓他看見。我不想讓他知道我家裡很有錢。但當他得知此事，他一點也不在乎，這也是我愛他的原因之一。我們總是在這裡碰面。當年和現在不同，那時拳擊手不被社會接受，被人瞧不起，因此他們必須要團結。他教了我有關拳擊的一切，事實上，關於這個世界，我所知道的一切都是他教的。」她說。

服務生拿來了菜單，菜單外面裹著一個可以擦洗的塑膠套。我們點了一份輕食。

「您懂拳擊嗎？」她問。

我搖搖頭。

「拳擊，」她說，「是暴力、勇氣和控制。雖然目的只在於獲勝，擊倒對手，但是與大多數人所想的不同，拳擊並不古老。正好相反。用刀子、棍棒毀滅對手，用腳去踹，掐住對方脖子，諸如此類的街頭打架是古老的；而拳擊這種運動，在缺少文明的情況下則根本無從想像。拳擊有許多規則。拳擊手不准對著腰帶以下的部位出拳，不准用手肘、肩膀、下臂、掌緣去打，不准用頭去撞，不准對後腦和腰間出拳，不准使用膝蓋、雙腳或是雙腿的任何部位。就只允許用握緊的拳頭出擊。重點不在於暴力本身，而在於暴力的演出。」

當她露出微笑，看起來就像個少女，我從未見過這樣的她。也許原因在於她今天處理了她的遺產，一整天談的都是她的死亡和她死後的事。

她繼續說起她的男友，那個拳擊手。她說他是個非常剛強的男人，他出身寒微，靠著拳擊力爭上游。他很強壯，是個能夠保護她的男人，不像她在父母家中認識的那些銀行家、經理人和律師那麼文弱。當時她無法用言語加以描述，但如今她知道，當時吸引她的是那份危險、暴力、接近死亡、那份決絕和絕不妥協。「那時候我們覺得自己是不會死的。」她說。在他身邊她感到安全。

他後來怎麼了？我問。

她望向空無，沒有回答，雙唇又變得單薄而蒼白。然後她指著櫃檯上方牆面上他的照片給我看，那是個高大的男子，下顎稜角分明，頭髮用髮油往後梳。我試著想像這位老夫人六十年前的模樣，在他身邊她看起來想必像個孩子。

稍後，司機載我們回我住的飯店。當我準備下車，她把手擱在我手臂上，俯身向前。「他在一次野餐時被胡蜂螫到，就這樣死了。過敏性休克，心臟停止跳動。」她說，「這件事我始終無法原諒他。」

26

我在慕尼黑有一場作品朗誦會，結束之後我驅車前往上巴伐利亞，在那片理想的風景中待上幾天。一百年前，瓦西里．康丁斯基、法蘭茲．馬克、保羅．克利和路維斯．科林特[50]在此地作畫，畫下這片光線柔和的藍色風景。一九二〇年代，作家霍爾瓦特[51]在穆爾瑙（Murnao）建了一座避暑別墅；一九三二年，布萊希特[52]在阿默湖畔（Ammersee）買下一棟鄉間別墅，托瑪斯．曼的小說《浮士德博士》就是以該地一個村莊作為背景。

我受邀前往貝內迪克博伊恩修道院（Kloster Benediktbeuern），院子裡有一棵巨大的山毛櫸。修道院裡的教堂是裝飾繁複的義大利巴洛克風格，流露出對誇飾的天真喜悅。聖壇上方的唱詩班席位掛著一面巨大的金色壁鐘。「死亡倏忽來到，不給人寬限期。」當席勒寫下劇作《威廉．泰爾》中的這兩句詩，他四十六歲，一年之後他就死了。在教堂旁邊的修道院商店裡，神父給我看那些神祕學書籍和勵志書、溫茶蠟燭和箴言刺繡。他說現代人能承受的就只有這些。

我開車經過波登湖畔的村莊，前往弗萊堡去參加一場作品朗誦會。處處都是回憶。在林道（Lindau）過夜，飯店對面是那座古老燈塔和那頭六公尺高、張著大嘴的石獅子。湖濱步道旁最漂亮的屋子是財政局。從湖上可以遠眺白雪皚皚的阿爾卑斯山。

隔天，我開車經過遍植果樹的草地和葡萄園，景色明朗、愉悅。不過那些村莊和城鎮如今連成了一片，與我童年時期不同。我在努斯多夫（Nußdorf）暫

---

50 此處所提及的瓦西里・康丁斯基（Wassily Kandinsky, 1866-1944）、法蘭茲・馬克（Franz Marc, 1880-1916）、保羅・克利（Paul Klee, 1879-1940）和路維斯・科林特（Lovis Corinth, 1858-1925）都是表現主義時期的重要畫家，前三位皆為藝術團體「藍騎士」的成員。

51 霍爾瓦特（Ödön von Horváth, 1901-1938），出生於匈牙利的德語小說家與劇作家，知名作品為劇作《卡西米爾和卡羅琳》（*Kasimir und Karoline*）。

52 布萊希特（Bertolt Brecht, 1898-1956），德國劇作家、詩人以及現代劇場改革者，主張藉由戲劇來改造社會，重要劇作包括《勇氣媽媽》《伽利略》和《四川好人》等。

停，和幾個朋友共進午餐，然後獨自前往露天浴場。門票是三歐元，草地上無人躺臥，對泳客來說天氣還太冷了。我坐在那棵老柳樹下的長凳上，柳樹的枝條垂在水中，湖面平滑如鏡。四十年前的一個夏天，我在這裡第一次閱讀托瑪斯・曼的《魔山》，當時我一句也沒讀懂，因為我還不了解**時間**是什麼。

之後經過的是油菜田和農村草地，坡度平緩的淺綠色山丘，接著往下進入黑森林，凱爾特人之所以這樣稱呼這座森林，是由於它的陰森。從前這裡住著燒製木炭和吹製玻璃的工人，淨是骯髒、貧窮和悲慘；如今到處都是來此地健行的觀光客，穿著鮮豔的實用服裝，拿著閃閃發亮的步行杖。只有見識過此地冬夜的人才看得見原本那份陰暗。

之後是弗萊堡。支配一切的教堂位在城市中央，位在思想的中央。大教堂的塔樓展現出單純、嚴謹的高雅。朗誦會在劇院舉行，會後我散步回飯店。那些建於十五世紀的房屋有厚厚的圍牆和小小的窗戶——窄小是種保護。伊拉斯謨[53]曾在這裡住過幾年。假如當年獲得成功的是沉靜謹慎的他，而不是大聲疾呼的馬丁・路德，假如當年是溫和派勝過了革命派，世界會變成什麼樣子？如今在大教堂四周的古老建築裡，開設了美觀的餐廳和商店。我走進一家咖啡館，門上貼著

「自助式服務」的告示。顧客帶著小型背包，桌上擺著筆電和平板電腦，許多年輕男子線條柔和、稚氣未脫的臉上蓄著大鬍子。

小時候我常來這兒的劇院，我就讀的寄宿學校距離此地只有六十公里。通常是一位老神父帶著我們搭公車前來。他說《智者納坦》[54]是戰後在這座劇院裡演出的第一齣戲。他熱愛這齣劇作，一再向我們解說這部戲。那位神父教我們拉丁文和希臘文，從沒有人見過他發脾氣，他從不大聲說話。他曾經當過兵，有個在慕尼黑當律師的哥哥，他們兄弟倆曾經參與反抗希特勒的行動。後來，在戰爭結束幾年之後，他才加入了耶穌會。

寄宿學校在山上擁有一間小屋，屋裡有一座開放式壁爐，偶爾在週末，學校會允許我們在小屋裡過夜。我們八個男孩，年紀都在十歲到十一歲之間。

---

53 伊拉斯謨（Desiderius Erasmus Roterodamus, 1466-1536），亦稱「鹿特丹的伊拉斯謨」，文藝復興時期荷蘭神學家和人文主義思想家。

54 《智者納坦》（*Nathan der Weise*）是德國啟蒙時期劇作家萊辛（Gotthold Ephraim Lessing, 1729-1781）於一七七九年所發表的劇作，主旨為呼籲宗教寬容；一七八三年於柏林首演。

此刻我憶起的那一天，下了整夜的雪，早晨非常寒冷，也非常明亮。那頭小鹿躺在柴堆後面。牠還活著，左前腿夾在鐵製的捕獸夾裡，骨頭被夾碎了，流了很多血。那個捕獸夾是我們之前在工具棚裡找到的。我們把它打開，在前面撒上葵花籽和燕麥片，想像著會捕到一隻狼或一頭熊——雖然這個地方既沒有狼也沒有熊。現在那頭鹿躺在那兒，牠很害怕，在雪地裡失血過多。

神父蹲跪在那頭鹿旁，把手擱在牠眼睛上，撫摸著牠，然後扭斷了牠的頸子。他的動作很快。然後他從工具棚裡拿來十字鎬和鐵鍬。我們挖了一整個上午，因為土地被凍得很硬。我們把那頭鹿放進土坑，血黏在神父的長袍上。他沒有把那隻動物稱為「上帝的創造物」，沒有豎立十字架，也沒有唸誦禱文。白雪現在被弄髒了，我們既疲倦又羞愧。

神父說，一個人只需要三種品德：勇敢、堅強和溫柔——勇敢地動手去做，堅強地忍受失敗，並且溫柔地對待別人。他在我十二歲時去世，被安放在校內小教堂的靈床上。他的臉色白中泛青，自我認識他以來，他第一次穿著一件沒有沾滿煤灰和食物殘渣的長袍。我喜歡這個老人家。

在希臘的德爾菲神殿上方寫著：「認識你自己。」阿波羅這樣勸告希臘人，那位老神父在第一堂課時把這句話寫在黑板上，如今這句話被印在T恤和汽車貼紙上。但這是做不到的，沒有人能夠認識自己。我們知道死亡，而這就已經是一切，這就是我們全部的故事。

27

在醫院的食堂中，工作人員和醫師可以較低廉的價格用餐。一個男子在收銀台要求享有此折扣。收銀員以前從未見過此人。他自稱是醫生，但是身上沒帶證件。價差是一點九五歐元。那人衣冠楚楚，穿著西裝，打著領帶，自稱是來向這家醫院的泌尿科醫師演講的。由於收銀員只是看著他，一言不發，那人又加了一句，說他來自慕尼黑。

這家醫院有精神病科。收銀員知道該如何認出那些瘋子——從他們無法和別人目光接觸的眼神，也從他們身上的毛皮味、霉味和腐爛蘑菇的氣味。收銀員探身向前，看見那個男子腳上穿的是拖鞋。這下子她堅決不肯給他折扣。

下班後她在醫院大廳的一個螢幕上看見那個男子的面孔。回到家裡，她上網搜尋。在維基百科對他的介紹裡寫著他總是穿著拖鞋，因為他認為腎臟疾病和太緊的鞋子有關。

現在她確信自己沒有弄錯。

28

我認識克拉默是在他賣掉了他的公司之後。買主告發他，說他在資產負債表上造假。那成了一樁很磨人的官司。卷宗資料有幾千頁，一行行數字、一張張圖表，還有專家的鑑定意見；必須宣讀的文件多得數不清。在八週的時間內，每隔一天就要進行審理。單是出於筋疲力盡，大家後來就都願意讓步，我們也得以把事情解決。

最後一個審判日的晚上，已經沒有返回柏林的火車。我很疲倦，很想待在飯店房間裡，但是克拉默邀請我去吃晚餐。陌生人的好客有時候令人難以消受，我說我會晚一點到。

根據法庭所調閱的檔案資料，克拉默年少時，因偷竊、搶劫、勒索和人身傷害，一再被判有罪。十九歲時，他依《少年刑法》被判處相當高的刑期。那時他和兩個守門人吵了起來，因為他們不讓他進去一家迪斯可舞廳。那兩人身高將近兩公尺，是受過訓練的武術好手，克拉默毫無機會。他被打斷了一根肋骨，下頷被打碎，臉上多處裂傷，只能勉強回到他的車上。他在車裡等了四個鐘頭，想必疼痛難當。等其中一個守門人走到停車場上，克拉默發動了車子，撞倒了那個人，再換成倒車檔，又一次從那人身上輾過。那個守門人在被送往醫院途中死亡。

後來在少年監獄裡，一名社工人員對克拉默的評語是「聰明、好鬥，缺乏同情心」。

將近十點時，我前往「地窖餐廳」。這家據說是這座小城裡最好的餐廳，光線昏暗，有著橡木地板、木頭桌子，和難以消化的油膩食物。克拉默還邀請了他的女友，和他公司的財務會計夫婦。

財務會計的妻子是個美女。她穿著黑色合身洋裝和高跟鞋，提著昂貴的法國皮包。她和那個會計經理不相稱，和這家餐廳也不相稱。這整個情況似乎令她感到不自在。

在我抵達時，克拉默已經喝了太多酒，講話也緩慢吃力。他一看見我，就對著服務生大吼：「拿香檳來！」然後轉身對我說：「您總算來了。我們得要慶祝這場官司。」

服務生端來了酒瓶和酒杯。克拉默把一張鈔票揉小，塞進服務生的襯衫口袋，拍拍那人的胸膛。「好人。」他說。他拿起酒瓶，搖了搖，讓瓶塞「啪」地一聲飛上天花板。別桌客人轉過頭來看我們。氣泡濺在克拉默女友的襯衫上。「把它擦掉。」他說，從桌上扔了一條餐巾過去。他斟了酒，一半都倒在杯子外，然後他坐了下來，一張臉紅通通地，呼吸沉重。

「在您來之前，」他說，「我正說到今天報紙上的一篇報導：所有已婚男人當中，有半數有外遇。」他停頓了一下，他左眼裡的一條微血管破裂了。「可是如果是這樣，那麼所有的女人當中就也有半數有外遇，否則這筆帳就算不過來，不是嗎？」他大笑。

克拉默的會計是審判中的主要證人。他的記憶力驚人，把那些數字背得滾瓜爛熟。他是個不起眼的男人，待遇不算好，而且有一點口吃。法庭上沒有人懷疑他的正直。克拉默之所以沒有被判有罪，主要是多虧了他。

克拉默站起來，俯身在桌上，用他那雙短小肥厚的手拍拍那個會計的肩膀。

克拉默和別人說話時，總是把頭湊得太近，而他有口臭和一嘴爛牙。那個會計試著微笑。

「你能想像嗎？有半數的妻子搞上別的男人。」克拉默對他的員工一律不用敬稱，這是他的原則。「每兩個就有一個，」克拉默大喊，「你的漂亮老婆也可能是其中一個。反正你本來就配不上這麼漂亮的太太。」

那個會計沒有答話。

「別這副蠢相。」克拉默說著又坐了下來。他又對服務生大吼，又點了一瓶酒。

克拉默的女友是個臉頰豐腴的年輕女子，她把手擱在他的下臂上，柔聲說道：「別去煩他們。」

克拉默甩開她的手，又站了起來。他脫掉外套和領帶，他的襯衫衣領和長褲背帶下的背部都汗溼了。他從口袋掏出一捲用紅色粗橡皮筋綁住的鈔票。「嗯，這樣吧！這裡是五千歐元，我打賭這桌這兩個女人當中有一個有外遇。」克拉默把那捲鈔票扔在桌子中央。

我說我很疲倦了，現在我們最好都回家，畢竟這一天已經夠累了。克拉默的女友點點頭，打算站起來。仍舊站著的克拉默按住她的肩膀往下壓。「妳給我坐著。」

「可是就算事情是這樣，克拉默先生，」那個會計冷靜地說，「您也無法證明一個女人有外遇。」

「不，這很容易證明。用手機。只要看一下最後幾則簡訊就行了。報上就是這樣寫的。」

克拉默把他女友的手提包擺在桌上，在裡面翻找。

「妳的手機在哪裡？」他問。

因為他沒有馬上找到，就把包包裡的東西全倒在桌上。他拿起此刻躺在口紅、眼鏡盒、糖果、藥片和面紙之間的手機，輸入了他顯然原本就知道的密碼。幾秒鐘後他說：「看吧，什麼都沒有。只有傳給我和她母親的簡訊。」

克拉默轉身面向那個會計的妻子。

「您的手機呢？」

「我沒有帶在身上。」她說。

「胡說，」克拉默口齒不清地說，「每個人都會把手機帶著。」

「我真的沒帶。」

克拉默瞪著她，一動也不動，幾絲唾液在他的上下唇之間拖得長長的。最後她把手提包擱在大腿上，打開了扣環。克拉默看見了那支手機，伸手到包包裡，把手機掏了出來。他把手機拿在半空中。

「看吧，手機在這兒。」他說，「密碼呢？」

「我……」那女子說。

「喔，密碼當然也忘了。這還用說。」他停頓了一會兒，「快把密碼告訴我。」他的聲音聽起來又清醒了，清晰而尖銳。這時我明白了他的員工在審判過程中說克拉默「咄咄逼人」是什麼意思。大多數員工都很怕他，一個員工在證人席上說，他們就只稱呼克拉默為「魔鬼士官長」。

會計的妻子小聲說出那幾個數字。她的嘴唇毫無血色。

「請您罷手吧。」我說著就站了起來。

克拉默聽而不聞。他久久凝視著那支手機的螢幕，然後把手機關掉，還給了會計的妻子。餐廳裡頭相當昏暗，但是我認為克拉默微微向她欠了欠身。然後他向後倒回椅子上。

「你贏了。」他對那個會計說。此刻他的聲音又換了一種聲調，一種疲倦的聲調。克拉默顯得筋疲力盡。

「我根本沒有同意要打賭。」那個會計說。

那是個錯誤。

「把錢拿去，你這個白痴。」克拉默推了一下那捲鈔票。「他媽的，快拿去。」

那個會計猶豫了片刻，然後把錢放進口袋。

我受夠了，向他告辭。

「要我送您回飯店嗎？」克拉默問。他指著他的女友說：「由她來開車。」

「不了，謝謝。只有幾步路，我用走的。」我說。

隔天，我在飯店結清帳單時，克拉默站在入口大廳。他剛刮了鬍子，情緒很好。

「我想來道別，」他說，「嗯，也想為了昨天的事道歉，我就只是喝多了。您還有一點時間嗎？」

我叫了輛計程車，然後我們就在接待大廳裡坐下。

「您知道，我二十四歲出獄時有個女友。」克拉默說，「我們結了婚，她懷了孕，我們有了個兒子。她總是對我說：『過來吧。』她從來不需要多說什麼，這一點直到如今我都還記得。我答應過她不會再犯罪，否則她就不會嫁給我。當時我在建築工地當油漆匠，這是我在監獄裡學會的技能。事情很順利，至少有一段時間是這樣。」

克拉默看著地板。

「四年後，我在工地用一根鐵棍痛揍了一個對我無禮的人。我太太離開了我。她之前就警告過我。她說愛我是那麼難，她實在撐不下去了。她帶走了我們的兒子，搬到德國北部。我花了十五年的時間才走出來。在這段時間，我建立起我的公司，就是現在賣掉的這一間。」

他說他在那時候開始猛吃、變胖了，也是因為四處奔波、住旅館、參加會議的關係。他一直繼續吃，因為他心想現在反正也無所謂了。他就只還和妓女發生關係。他說，其實他瞧不起像他現在這副模樣的人，說他現在打算要節食，讓體態再恢復正常。他打算要做的事還有很多。

「您有什麼打算？」我問。

「我不知道。我賺到的錢多得花不完。也許我會去找我的前妻，終於去看看我兒子。我想，現在我可以這樣做了。」

飯店的服務人員通知我計程車已經到了。我們站起來，克拉默陪我走到門口。

「您一點也不想知道那個女人的簡訊裡都寫些什麼嗎？」他問。

「我不認為我想。」我說，然後就坐上了計程車。

29

柯恩兄弟執導的那部電影《不在場的人》，講的是一個小鎮理髮師的無聊生活。他的妻子有了外遇，對方是百貨公司的老闆，事情變得複雜，結果失控了。最後那個理髮師殺死了百貨公司的老闆，他和他妻子由於殺人罪被起訴。

他們聘請了一位來自首府的律師。他很貪財，住在最昂貴的飯店，每天都吃龍蝦配義大利麵。有一幕戲是他站在監獄裡，被起訴的那對夫妻坐在木頭椅子上，一名私家偵探煩躁地翻閱他的筆記。這是部黑白片，影像冷硬。在監獄中，這名律師替這樁官司制定了辯護策略，他說：

「在德國有這麼一個小伙子。他名叫弗里茲，還是叫維爾納？不過這不重要。他發展出一套理論。如果有人想要研究什麼東西——我的意思是用科學方式研究行星如何繞著太陽轉動、太陽黑子是由什麼物質構成、水為什麼會從淋浴裝置裡出來，那麼這人就必須仔細去觀察。可是有時候，觀察會改變所觀察的對象。如果你沒有親自用鼻子去聞一聞，你永遠無法客觀地知道發生了什麼事，或是可能發生了什麼事。因此，永遠沒有確定的事。當你觀察一件事物，你也就改變了它。他們把這稱為『測不準原理』。沒錯，這聽起來很蠢，可是就連愛因斯坦都說過這話有那麼點道理。科學、感知、現實——懷疑。合理的懷疑。我的意思是，你愈是仔細觀察一件事物，你知道的就愈少。這一點是肯定的。這是經過證明的事實，可能也是唯一重要的事實。這個德國人甚至為此列出了一個公式。」

一八〇一年，克萊斯特寫信給他的未婚妻：「我們無法確定我們所謂的真相是否果真是真相，還是說我們只是覺得那是真相。」克萊斯特當時過得很糟，他沒有成就，他的劇作受到審查或是完全被禁，他的家人——幾乎全都擔任軍職——直到最後都不了解他是個什麼樣的人。他在許多封信裡說明他的處境，那是一種無所不在的陌生感。替克萊斯特作傳的人，常說克萊斯特當時讀了康德的《判斷力批判》，因此陷入了憂鬱。我不相信這種說法。人不會因為書本而感到絕望，應該要反過來說：是我們在尋找為我們而寫的書。以克萊斯特來說，是康德向他說明了他何以失去了立足之地，亦即失去了我們稱之為現實的東西。

在克萊斯特之後一百二十五年，維爾納・海森堡[55]說：「我們能夠述說的現實從來不是現實本身。」他說我們無法同時準確量測一個粒子的兩種特性。當我們確定了一個粒子的位置，它的動量就不可避免地會因此而有所改變。

我們的生命就只有短短一瞬，然後我們就再度隱沒；而在這段短暫的時間裡，我們就連「認清現實」這看似最簡單的事都做不到。

海森堡的理論直到如今都尚未被推翻。

55 維爾納・海森堡（Werner Heisenberg, 1901-1976），德國物理學家，量子力學創始人之一，一九三二年諾貝爾物理學獎得主。前文中提到的「測不準原理」（亦稱為「不確定性原理」），就是他所提出。

30

這列火車的餐車坐滿了人，只剩下一個女子對面的座位還空著。我問她我可不可以坐下，她點點頭。她戴著一副對她的臉來說太大的太陽眼鏡，過了一會兒我才記起這張臉。我在三十年前與她相識，她是一位知名大學教師的女兒，年輕時就有雄心壯志，還是中學生時就張貼過競選海報；後來她在大學攻讀政治，加入了一個中產階級政黨。我曾在電視談話節目中見過她幾次，她平穩地在地方上展開從政的仕途。如今，她顯得蒼老、僵硬，動作遲緩。我們聊起天氣、誤點的火車和難吃的餐點。

忽然間，她問我是否曾耳聞「當時」所發生的事，並對我不知道這件事感到納悶。她說她在邦議會裡說了這麼一句話。她說她從政二十五年來，從沒傷害過誰，一向保持禮貌，不曾對對手做人身攻擊，就連在選戰中也不曾這麼做。她想要好好把工作做好。經濟和文化是她問政的重點，而且她對這些領域略知一二。然後她在議會裡說了這一句話。

在那之後她所經歷的事簡直難以描述。首先是記者針對她寫了「不可思議」的文章，然後在網路論壇和社群網站上就一發不可收拾。叫她「討厭的臭母豬」還算是客氣的，有人威脅要強暴她、折磨她、謀殺她，說她是人渣。她收到過一些電子郵件，裡面有些話直到如今她都無法轉述。

接連幾個星期，她夜裡都只能睡兩、三個小時。事情始終沒有結束，日復一日都有人踩在她臉上。她瘦了十五公斤。她沒有宗教信仰，出身於開明的家庭，可是到了最後她卻以為自己因為犯下了一件可怕的罪行而遭到天譴。

半年之後她徹底崩潰了。她在一家百貨公司前的人行道上痛哭失聲，她丈夫不得不把她送進醫院，讓她服用精神疾病藥物，接受了兩年的治療。因為她的孩子還需要她，她才沒有一了百了。雖然政治從她年輕時就是她真正的生活和她的天職，但她不得不完全放棄政治。如今她在國家圖書館的行政部門工作，無須和公眾接觸，而她也無法再和公眾接觸。民眾的狂怒仍然令她感到害怕。

我問她究竟說了什麼。她把聲音壓得更低了：「即使是性侵兒童的人也該得

到重新做人的機會。」她用茶匙攪了攪冷掉的茶，看出了窗外。外面是馮塔納 56
描繪過的風景，平坦、灰色、貧瘠。

一九五五年，來自芝加哥的男孩愛默特．提爾（Emmett Till）被母親送往南方去度過假期。他拜訪了住在利福勒郡（Leflore County）的親戚。提爾正處於青春期，他對村子裡的其他男孩說起他在大城市裡的豔遇。他們說他在吹牛。如果他真的這麼有經驗，就得要證明這一點，他得去和當地小店的美麗老闆娘搭訕。

提爾鼓起勇氣，走進那家雜貨店，和老闆娘說了幾句話。他不懂得當地的規矩——提爾是黑人，老闆娘是白人，還曾經是個選美皇后。

當天夜裡，那個女子的丈夫帶著他的兄弟到提爾的親戚家，帶走了這個男孩。三天之後，他的屍體被人發現。兇手先把他揍得半死，再開槍打死了他，然後在他脖子上掛了一件重物，把他扔進河裡。愛默特．提爾只活了十四歲。

在同一年就對那兩名男子進行了審判。陪審團只商議了一個小時，法官就宣布了判決：無罪釋放。

三個月後，一份畫報訪問了那兩名男子。他們說，他們在那個男孩的皮夾裡發現了一個白人女孩的照片，這使得他們「狂怒」不已；也因為這樣，所以他們把他給殺了。

這兩名男子始終沒有受到懲罰。儘管他們坦承了罪行，法律卻保護了他們免於重新被起訴[57]。

在漢堡火車站的月台上，我向她道別。她丈夫來接她，他有點年紀了。他們搭乘電扶梯往上，他用手臂摟住她的肩膀。他們所穿的風衣顏色相同，他們融為一體。

---

56 馮塔納（Theodor Fontane, 1819-1898），十九世紀德國作家，以小說聞名，亦著有記述布蘭登堡邦風土人情與歷史的《布蘭登堡漫遊記》（*Wanderungen durch die Mark Brandenburg*）。

57 根據「一事不再理」原則，已被法院判決獲釋者，不得再以同一件罪名被起訴。

31

布魯塞爾發生了一場恐怖攻擊，兩枚炸彈在機場爆炸，另一枚在一座地鐵站爆炸。三十五人喪生，三百多人受傷。

晚間，比利時內政部長對著攝影機說：「保護個資是件好事，但是在這種危機時刻，安全更為優先。」

32

那位俄國麻醉科女醫師要他放心，說她知道自己在做什麼。她很匆忙，「緊急手術」這個字眼使每個動作都加快了。她看起來十分年輕。她說她擔任專科醫師五年了，經驗豐富。穿上這身白袍的她總是被認為太過年輕，她說這是她經常碰到的問題。她脫下頭上那頂動手術時戴上的綠色軟帽，讓他看出她已經不年輕了；但她卻不知道這反而使她看起來還要更加年輕。她露出微笑，至少他覺得她在微笑。

她繼續說話，帶著濃重的東歐口音。他不再留心聆聽，只有「異丙酚」[58]這

58 異丙酚（Propofol）是一種短效的靜脈注射全身麻醉藥。

個字眼留在他記憶中。他想像她從明斯克[59]近郊來到柏林這座醫院的路途有多麼遙遠，想像著她的父母有多麼以她為榮，生活中有多少匱乏，和多少幸運。

手術房位在地下室。那裡的空間比較大，主治醫師曾經這樣告訴他。堆滿待洗衣物的鐵網推車、螢光燈管和鋪著塑膠布的空床，一個不真實的場所，就像一部爛片裡的老套布景。他試著說些什麼，但是卻已無法言語。鮮血止不住地從他背部流出，床單溼透了，從推車滴落在走廊上。醫生緊張起來，有人扯開消毒過的包裝袋，有人低聲向手術房裡的護士發號施令。他心裡還想著，稍後會有清潔婦來擦掉那些血。

只有一開始令人迷惑，但最後那幾刻完全不令人害怕。物體變得明亮，然後變得透明，變得輕盈，變得安靜。生命離開了身體，隨著每一次脈搏跳動，生命漸漸消逝，這發生得自然而然，毫不費力，毫無痛苦。此刻他明白了，在活著時對死亡所做的任何準備都沒有意義。他又一次想起他所愛的女子。她總是散發著光芒，他見到的她總是發出溫暖的光亮，就像他童年時那座老屋上方幾盞老舊的燈。每晚入睡前她都會對他說她守護著他。然後這個念頭也消失了，什麼都不再與他有關。終點就只是一種滑行，輕柔，無痛，沒有噪音。一切都恰到好處，死亡是人生最好的發明。

四天後，他頭一次獲准到醫院前的那座小公園去走走。一對年輕情侶睡在草地上，男孩用手臂摟著女孩，他的頭上纏著紗布。一個計程車司機在擦拭車子的玻璃，還有自行車騎士、帶著小孩的母親、蒙著面紗的女子、一個挺著大肚腩的男子。在一艘用纜繩繫牢的小船上可以買到冰淇淋。他數著水上的天鵝，病人用醫院的乾麵包餵牠們。然後他的手機響了，於是生活就又繼續下去。

59 明斯克（Minsk）為白俄羅斯首都。

33

每天早上我都會從那個酗酒的老人身邊經過。他坐在超市所擺放的那張長椅上，喝酒時會用兩隻手拿著烈酒酒瓶。在他前面擺著一個紙杯，裡面有幾個銅板。那是**他的**長椅，我從沒見過有別人坐在那上面。

昨天晚上那個酗酒的老人仍然坐在那裡，但是他不再動彈。他的頭向後仰，嘴巴張得大大的，呼吸粗重。他的皮膚發黃，有可能中毒了。我先是從他身旁走過，然後又掉頭走回來，問他我是否幫得上忙。他緩緩回神，口水從他嘴裡流出來，滴在他的襯衫上。他看著我，搖搖頭。「我沒有皮膚。」他說。

今天早晨他的長椅空了。

34

夜間新聞播出了瓜地馬拉一座火山爆發的畫面，有六十二人死亡，數千名居民逃離。火山肆虐了兩天。冒煙的岩塊壓在屍體上，岩漿覆蓋了房屋。一位地質學家說明這起災難是怎麼發生的。隨後播出的畫面中，可以看見一場露天舉行的天主教彌撒，人們在一片草地上向上帝祈禱。神父說起「邪惡」和「魔鬼」。

邪惡存在，但它是怎麼來到世間的？所有偉大的神學家和哲學家都曾經試圖回答這個問題。上帝是至善、是萬能的，可是祂若是創造出了邪惡，祂就不是善良的；如果祂沒有創造出邪惡，卻又阻止不了邪惡，那麼祂就不是萬能的。

儘管如此，那些信眾並不懷疑。他們說邪惡並非來自上帝，而是來自人類；也有人說邪惡就只是一種缺損，就像地上的坑洞，並非被創造出來的東西；又有人說邪惡正彰顯出上帝的良善；還有人說我們就只是沒有能力理解邪惡何以存在。總之，他們繼續相信善良和救贖，繼續相信他們的上帝——這個不再要求流血獻祭的上帝。

一名年輕婦人坐在帳篷裡的行軍床上，她的臉部腫脹，她在哭。她對著攝影機說，她三歲大的女兒被一塊落石打死了。

35

我和一位藝術史學家有約。一份報紙上說，一九三八年納粹在維也納洗劫了一戶人家，該戶人家家產中的一幅畫後來被我的外曾祖父給「買下」。

同盟國聯軍在戰後沒收了我外曾祖父和我祖父的財產。幾年之後，我祖母獲准從慕尼黑的政府機關買回那幅畫，她幾乎沒花什麼錢。根據這份報紙的報導，她在幾天之後以極高的利潤轉售了這幅畫。

維也納那戶人家的後代如今住在紐約。他們始終沒有得回那幅畫。

我想請教這位藝術史學家，現在我該怎麼做。經歷過由我負責辯護的許多刑事訴訟之後，我理解到澄清事實有時能對受害人有所幫助。唯有當我們認識了邪惡，我們才能和邪惡一起繼續生活下去。

在計程車上，我又看了看報上刊登的那幅被劫走的畫作照片。那是幅漂亮的畫，畫的是荷蘭一座安詳的廣場，一間有紅色屋頂的房子，掛著招牌，背景是一座有兩個塔樓的教堂，人物有男有女，還有兒童、樹木和藍灰色的天空。那則報導說，這幅畫大概只是件複製品，幾乎沒有價值。但是這話不對。

葛歐格是我童年時的朋友。寄宿學校起初禁止家長前來探望，我們只有在寒暑假的時候才能回家，每個星期也只准打電話給爸媽一次。直到第三年——在我們十三歲時——神父才放鬆了規矩。我不知道是否因為我們這時年紀比較大了，還是因為他們覺悟到這種做法實在已經不合時宜，但現在我們每隔三個星期就可以在週末時離校。

葛歐格的家距離寄宿學校只有八十公里，我經常在他家度過週末。他住在波登湖畔一座建於十八世紀的小城堡裡。他的爸媽很胖，臉頰紅潤，看起來就像是夏天時節長在他們庭園中的蘋果。

在那些星期日，我們也總是被要求去看望他的祖母，葛歐格的父母對這一點相當堅持。他祖母住在閣樓兩間低矮的房間裡。這位老太太已經很久不曾下床。

葛歐格和我每次都拖到快要返校之前才去探望她。在她的房間裡，就算是夏天也把暖氣開得很足，熱得要命。那位老太太的聲音、眼神和氣味都令人不自在。當我們上樓去看她，我們得要並肩站在她的床前。她問起我們的學校、成績和老師，如果我們好好回答——我們幾乎總是撒謊——她就會給我們一人一個錢幣，那是她用瘦削的手指頭從黑色錢包裡拿出來的。

在葛歐格家裡掛著數不清的畫，有畫著野雉和山鶉的深色靜物畫、身穿盔甲或絲絨衣裳的祖先肖像，還有描繪狩獵和騎馬場景的銅版畫。只有那位老太太的房間掛著一幅與這棟屋子及其居住者不相稱的畫。她把那幅畫掛在床的對面：一片南太平洋風景，兩個裸女躺在海灘上，一隻黃狗在她們之間玩耍。色彩繽紛耀眼，大片色塊，人物沒有影子。我一直想要把那幅畫看得更清楚一點，但是在那位老太太面前，我不敢這麼做。

多年之後，我去葛歐格在漢堡的家裡拜訪他。如今我們自己也已成年，葛歐格的孩子都上大學了。他娶了娘家富裕的妻子，靠著房地產賺了很多錢。他居住的房子建於一九二〇年代，布置得就像這種房子的典型裝潢：包浩斯檯燈、伊姆斯和雅各布森家具、裝飾用的成排書籍和綠色沙發。露台上擺著舒適的單人沙發，從那裡可以眺望易北河。

壁爐上方掛著他祖母去世時所住的那個房間裡的那幅畫。葛歐格說這幅畫是件贗品，是高更某幅畫的差勁仿作。他說他讀了他祖母死後，在她床頭櫃裡發現的日記。二戰結束後，她曾在馬德里住過幾年，這件事家族裡沒有人知道。她去那裡有可能是為了不要再受到親戚的看管。

她在馬德里有個情人，他是個畫家，就是這個男人送給她那幅畫。我們一直覺得他祖母是個無趣、嚴格的老婦人，而她在日記裡寫下：「他是唯一一個讓我感到完整的男人。死亡並不可怕，可怕的是不再去愛。此後我的餘生都將只剩下半個我。」她引用米開朗基羅的一首十四行詩：「我的話語只存在於你的呼吸。」當時她二十三歲，三年後她嫁給了葛歐格的祖父，住進了波登湖畔那座小城堡。

我們久久佇立在她那幅南太平洋畫作前。然後葛歐格說，這幅不值錢的畫，是他所擁有的東西中最重要的一件物品。

在柏林，那位藝術史學家在午餐時向我說明研究的現況。他說被劫掠的藝術品涉及複雜的法律情況。他說起那些國際研討會、政府機關和基金會，說起每一件調查工作的種種困難。他還說，就連這個學門的學術標準都尚未完全釐清。

我想起那個南太平洋畫家和葛歐格的祖母，想著我們都只是我們的回憶。昔日不死，威廉．福克納[60]曾經這樣寫道。它甚至沒有成為過去。

60 威廉．福克納（William Faulkner, 1897-1962），美國作家，一九四九年諾貝爾文學獎得主，知名作品包括長篇小說《八月之光》和《我彌留之際》。

36

那對夫妻——他是工地司機，她是家庭主婦——共同生活了將近四十年，子女早已離家。他在退休之後漸漸變得惹人厭，每天晚上都喝得醉醺醺的，很少再刮鬍子，她得要央求他每星期至少洗一次澡。他說話時她感到不耐，她無法再正眼看他。「還有什麼好指望的呢？」他常常這麼說。

她的情況則正好相反。自從她無須再料理有四個孩子的家務，她就上劇院看戲，去聽作品朗誦會和音樂會。她閱讀網路報紙，和閨中好友相聚，常去散步。她在他們所住的連棟房屋前院栽植了花圃。

盛夏的一個早晨，她很早就醒來。他躺在她旁邊打鼾，帶著酒味和蒜味，背上的毛髮汗溼了。她用手撐著頭，打量著他，忽然明白了她該怎麼做。這個念頭如此純粹、清明地出現，真實得如此不可動搖，使她此刻甚至連身體都感到振奮。她站起來，泡了杯茶，帶著一本書坐在屋前的台階上。這一天，是她很久以來第一次又感到快樂。

接下來那幾個星期，她實驗性地製作一種含有生橡膠成分的牙膏。這個處方是她從網路上找到的，從前她就常用植物來製作茶、油和軟膏，但是這個實驗起初沒有成功。經過許多次嘗試，那個混合物看起來終於真像是牙膏一樣，添加了薄荷之後味道也不再那麼難聞，她再摻進了毒芹鹼。她在自己的小院子裡栽種了這種毒參。

她把這軟膏裝進一個坩堝再放進冰箱，然後就靜靜等待，等了將近六個月。終於他牙疼了。以前他也經常牙疼，他一口爛牙，總是害怕去看牙醫。她說可惜家裡沒有止痛藥了，說她忘了添購，而事實是她把所有的藥片都扔掉了。

她對他十分體貼、關心，撫摸他的背部，說她也許還是可以幫得上他的忙。她用植物製成了一種高度有效的藥劑，能夠迅速減輕他的疼痛。她從廚房櫥櫃裡取出那軟膏，要他不僅用來刷牙，還要在嘴裡含上五分鐘，再吞下去。她說她知道這有多困難，因為那軟膏辣得要命，但他畢竟是她高大強壯的丈夫。她知道在她面前他想要表現得勇敢，於是對他露出微笑。她站在浴室門框裡，對他說情況馬上就會好轉。她已經很久不曾對他微笑了。

這種神經毒素使麻痺感從雙腳向上蔓延，抵達脊髓，中毒者在意識完全清楚的情況下窒息而死。這一切她都讀到過。當死亡痙攣開始，那個男人胡亂揮拳，由於驚慌和疼痛而失去自制。她從外面把浴室門拉上鎖住，先前她把插在門鎖裡面的鑰匙改插在外面。當她聽見他倒在地上，便穿上園藝用的防水圍裙，走進前院，仔細替花圃翻土。兩個小時後，她再打開浴室的門，打電話給急救醫師。後來警察在淋浴盆裡發現了兩顆牙齒，那個男人在盆緣把牙齒磕掉了。

在陪審法庭的審判中她被判處七年徒刑，她在第一次審訊時就立刻全盤托出。這是個寬大的判決，法官費了很多心力來說明為什麼這不是謀殺，而是一樁例外案件。她是個柔弱的婦人，講話輕聲細語，頭髮梳理得整整齊齊，穿著樸素的黑色衣裳。在被告席上，她雙手交握，垂下目光；可是當別人跟她說話，她就抬起頭來，清晰地回答，並且坦然看著法官。她敘述她的婚姻和她丈夫的墮落，她幾乎不需要說謊。只有一位在審判過程中擔任證人的女刑警，說她是個冷漠的女人，說她情感淡漠而且自私自利。

在獄中她表現良好。那些社工人員喜歡她，她的牢房總是乾淨整齊，她樂於參加心理學家的團體治療。四年後她獲得釋放。最後一天的早上，她仍然整理了床鋪，她就是這樣的人。服刑期間她賣掉了她和丈夫所住的那棟屋子。她對監獄牧師說，她只會懷念那座庭院。

出獄後，她搬進市區一間明亮的兩房公寓。十個月後，她的觀護人寫了一份報告給檢察機關，說她適應得「極為良好」。她和朋友碰面，報名參加民眾大學的課程，她的子女也定期來看望她。

在刑事執行法庭的最後一次聽證會上，她說她對自己現在的生活感到心滿意足，她再也不會想要犯罪，她還有了新的生活伴侶。法官免除了她剩餘的刑期。她五十六歲，而她自由了。

偶爾她會試著想起從前。她知道她愛過她丈夫，當年，在一開始的時候。「凡事都有定時。」她小聲地說，看著她的新男友。他比她年輕四歲，很講究儀容。「乾乾淨淨。」她心想。他們計畫結婚，搬進郊區的一棟房子。那棟房子有個小花園。

37

讓·富凱[61]的《默倫祭壇畫》在柏林畫廊[62]展出。平常在柏林展示的，總是只有這幅畫的左半部——兩名凝視前方的男子，而少了右邊的聖母。自十九世紀以來，這幅聖母就掛在安特衛普的美術館裡。

這是我第一次看見這幅聖母像。它異常立體，人體結構錯誤，六翼天使和小天使的紅藍兩色鮮豔發亮，意在顯得「超越塵俗」。畫家的模特兒是出身低階貴族的年輕女子阿涅絲·索蕾[63]。她解開了衣襟，露出左乳，但是並沒有替懷中的聖嬰餵奶。

阿涅絲·索蕾被視為她那個時代最美的女子。據說她在宮廷裡引進了「袒露胸部」的時尚，低領衣裳讓人人都能看見女性的乳房。她是法國國王的情婦，後來成為他的顧問。他使她富有，贈與她數目可觀的城堡，並且把受人尊敬的職位賜予她的家人。

幾公尺之外掛著卡拉瓦喬[64]的《勝利的愛神》，一個腳趾髒兮兮的赤裸男孩坐在地球儀上，咧嘴而笑。這幅畫的名稱出自古羅馬詩人維吉爾[65]的牧歌：「愛勝過一切，所以讓我們也臣服於愛。」卡拉瓦喬不區分神聖和世俗，在他的畫作裡就只有生命本身。

據說這個美麗的聖母阿涅絲．索蕾臨終時，說的最後一句話是：「我們是多麼噁心，多麼難聞而又脆弱。」

---

61 讓．富凱（Jean Fouquet, 1420-1481），法國畫家，以手抄本裝飾畫和祭壇裝飾畫聞名，被視為哥德式藝術晚期至文藝復興早期的重要藝術家。

62 柏林畫廊（Berliner Gemäldegalerie）隸屬於柏林國立博物館，收藏了十三世紀至十八世紀的歐洲畫作。

63 阿涅絲．索蕾（Agnès Sorel, 1422-1450），法國國王查理七世（Charles VII, 1403-1461）的情婦，是第一個得到正式承認的王室情婦。

64 卡拉瓦喬（Caravaggio, 1571-1610），義大利畫家，早期巴洛克時期的重要藝術家，畫風寫實，擅用明暗對照法，表現出強烈的戲劇化情感。

65 維吉爾（Virgil, 70-19 BC），古羅馬最偉大的詩人之一，作品對後世西方文學影響深遠。

38

那是我見過最大的桌子，用單單一個樹幹裁切而成。我想不透它是怎麼被送到這幢大樓的二十二樓來的。這桌面十分平滑，看起來就像是傑夫．昆斯[66]的一件作品。桌子兩側各坐著大約三十個銀行家和律師，男男女女都穿著同樣的深色服裝，每個人面前都擺著一台筆電。

總裁走進來時，大家全都短暫起立。他把手一揮，請大家不必多禮，然後自己在桌子末端坐下。他很瘦、很高，面前只擺著一本筆記本，手上布滿老人斑，脖子上皺紋很多，臉曬成了棕色。他把手錶戴在襯衫的袖口上，在其他人身上這都顯得可笑，但在他身上就顯得獨樹一幟。這位總裁已經八十好幾了，這間銀行是他繼承的家業。據說他的家族曾經資助過蘇伊士運河的建造，也曾支持比利時國王利奧波德二世對剛果的掠奪，有些人甚至說這家銀行暗中「造就」了三位美國總統。他是全世界屬一屬二的富豪，擁有礦山、天然水泉、科技公司、汽車供應商，乃至於一個搖滾樂團的歌曲版權。

空調安靜無聲，大廳裡一片冰冷。我受邀前來談談《德國刑法》中的企業責任，但是誰也沒有問我什麼。

一個年輕人走向牆上那片巨大的螢幕，以飛快的順序指著藍色、黃色和綠色的長條圖、圖表和表格。他說得很快，他的瞳孔放大，還在冒汗。事關電腦軟體中的一個缺陷，使得幾千筆交易延遲了千分之幾秒，讓銀行的幾位客戶損失了很多錢。這個年輕人一把話說完，就立刻離開了大廳——可能是要再去吸食一點古柯鹼。

一名女律師總結了投資人對銀行的控告，說明她在何處看出辯護的機會，說法院將會駁回這樁控告。在她報告完畢之後，大家都看著總裁。他問法官是誰，

66 傑夫・昆斯（Jeff Koons, 1955-），美國當代藝術家，擅於將日常生活中的物品化為藝術，常被拿來和安迪・沃荷（Andy Warhol, 1928-1987）相提並論，知名作品包括不鏽鋼雕塑「兔子」和「氣球狗」。

有人把名字報給他聽。總裁點點頭，大家似乎都鬆了一口氣。總裁向大家致謝，站起來，離開了大廳。

我還在走廊上和兩位律師聊了一下。我們旁邊掛著一個錄影裝置。那些畫面令人不舒服，播映的是睜著眼睛的臉，有紅色螞蟻爬在上面。然後一位穿著套裝和高跟鞋的女助理送我下樓。

午餐時，我和這位總裁的兒子在倫敦一家俱樂部裡碰面。十五年前，我在馬拉喀什[67]的一次晚餐時與他相識，他用了個假名在那裡生活，一心想成為畫家。他的畫有點無趣，是接近裝飾性質的漂亮畫作，但是他有天分。後來他投資了一家生產智能運動錶的新創公司，再把這家公司高價賣給一家體育用品製造商。從那以後，他就認為他替自己的下半輩子已經打拚夠了。

在我們吃飯時，我說他父親是位和藹可親的老先生。這個兒子放聲大笑，引得其他客人都轉過頭來看。「不，不，」他說，「真的完全不是。」

他說，八年前他開車去鄉間找過他父親。他沒有預先通知，單純只是又忘了先打個電話。他沒有從大門進去，而是穿過花園，走露天台階進去，他一向這樣走。落地窗開著，因此他在沒被察覺的情況下瞧見了他父親和他的妻子。

他說我得要知道那是他父親的第六任妻子，一個內衣模特兒。他們結婚時她才二十二歲，而他父親當時七十一歲。他兒子說：「這樁婚姻當然是出於愛情，不然咧。」

他說那個年輕女子裸身跪在木頭地板上，嘴唇塗得鮮紅，雙手用馬轡綁在背上。他父親穿著天藍色的絲綢睡衣坐在沙發上，一再從一個紙袋裡取出櫻桃往房間裡扔。那個年輕女子必須只用嘴巴把櫻桃拾起，再把果核吐在一個小小的銀盤上。她每吐一個櫻桃核，他父親——這位有一雙水藍色眼睛、受人尊敬的高雅男士，一家四百年歷史的古老銀行的總裁兼老闆，這個舉世敬重的藝術贊助者和慈善家，就會對她說：「好乖，我的小柴契爾夫人，好乖。」

---

67 馬拉喀什（Marrakesh）為北非國家摩洛哥的第四大城。

39

一個朋友去世了，才只五十八歲，早得可笑。他的妻子和兩個孩子站在尚未封住的墳旁。

我十六歲時，我伯伯在我父親去世後送給我一本薄薄的小書：古羅馬哲學家愛比克泰德的《語錄》。愛比克泰德是個肢障的奴隸。尼祿皇帝的一個顧問把他買下，當時的富有市民都養著一個有學問的奴隸。他的主人讓他鑽研學問，在尼祿死後賜予他自由。

當所有的哲學家都被逐出羅馬，他也必須逃走。他遷居至一座希臘小島，終其一生就只擁有一盞燈、一個草墊、一張長凳和一條燈心草織成的毯子。大約西元一百三十年，他以八十歲之齡死去。他自己從來沒有寫過什麼東西，他的著作是由他的弟子撰寫而成。

我的伯伯在戰時是海軍士兵，他的左臂和右手的三隻手指被砲彈打斷。戰後他上大學攻讀法律，成了法官，最後當上刑事陪審法庭的審判長。

他送我的那本書在戰爭期間揣在他大衣口袋裡，在野戰醫院時擱在他的床頭櫃，後來則擺在法官席上。

這本書用下面這幾句話開頭：

有些事在我們掌控之中，有些事則否。在我們掌控之中的是：接受和理解、行動的意志、渴望和拒絕——由我們自己觸發並且要為之負責的一切；不在我們掌控之中的是：我們的身體、財產、社會聲望和地位——簡而言之，並非由我們自己觸發並且要為之負責的一切。

這些話聽起來很簡單，但是當年我並不了解。愛比克泰德沒有發明高明的哲學體系。《語錄》所包含的其實就只是日常的練習，而他提供的慰藉簡單、明確而且符合人性。他指出什麼是我們能夠改變的，什麼是我們必須接受的，以及我們要如何區分這兩者，如此而已。

當你親吻子女或妻子，就對自己說：「你所親吻的是個凡人。」那麼當這人死去時你就不會失態。

那個亡友的兩個孩子之一是個四歲大的漂亮男孩，有一頭金色鬈髮。他母親說，他把一隻絨毛長頸鹿放進父親的棺木，免得他在那裡太孤單。

我們可以靠著愛比克泰德的《語錄》過日子，在剛好無事發生的時候。

40

在我們通過國家考試二十多年後，我在法院裡和包曼巧遇。他瘦了大約十五公斤，我幾乎認不出他來了。從前我們喊他「舒伯特」，因為他嘴唇豐滿，一頭鬈髮，戴著一副圓框眼鏡，就像那位音樂家。如今他是個乾瘦的男子，幾乎沒有了頭髮，而且十分蒼白。我們約好了一起吃晚餐。

他的事務所位在柏林十字山區，有三個房間，祕書室由一位操著柏林口音的年長女士掌管。那些空間看起來就像一九二〇年代的律師事務所，灰泥粉刷的高牆，木製鑲板、金屬燈具，會議室裡擺著一張綠色油氈桌面的木桌。牆上沒有掛畫，檔案整齊地堆放在開放式木櫃裡。

包曼說，他的客戶是這一區的居民，他負責處理遺囑、結婚契約和批發市場商人的法律爭議。「都是些例行事務，很少會有什麼不尋常的事。偶爾我也會接下情節輕微的辯護工作，都是些雞毛蒜皮的小事，例如交通事故、酒館鬥毆、侮辱罪之類的。」他說。

這一切都和他毫不相稱。他以優異的成績通過考試，之後在紐約哥倫比亞大學讀了一年。他的博士論文以最優異的成績完成，研究的是羅馬法律，內容很詳盡。取得律師執照以後，他先進入一家於柏林圍牆倒塌之後，在柏林設立了辦事處的大型美商法律事務所任職，起薪很高。

在我們實習期間，我覺得他有一點怪。他相信罪過、贖罪和寬恕這些觀念，並對此十分認真。他曾說：「法律可以改善人類。」他說這話時似乎也非常認真。那時候的包曼非常害羞，如果有個女人接近他，他就會沉默下來，紅了臉，看向地板。

從他事務所的四扇高窗可以看見夏米索廣場、周圍建於德皇晚期的出租住宅、建物正面經過翻新的灰泥裝飾、鋪石路面和路燈。從前住在這裡的是軍官，後來是工廠工人，包曼說如今租下這些住宅的多半是藝術家。

我們步行了幾公尺前往那家義大利餐廳，他說他每天晚上總是同一個時間在這裡吃飯。女服務生試著和包曼調情，用義大利文喊他「博士」，他沒有搭理。

我們聊起當年實習時的舊事。

稍後他請我去他的住處，就在事務所樓上。他住處的布置就跟事務所一樣嚴肅，沒有裝飾。客廳裡只有一張沙發、一部電視和一個書架。包曼沒有結婚，沒有女友，沒有子女，沒有兄弟姊妹，父母已經去世。我問他都做些什麼。他說白天他在樓下的事務所，晚上就自己獨處。他說他沒有嗜好。「我看看電視新聞，讀一會兒書，然後就上床睡覺。」

包曼替我弄了杯咖啡，給自己倒了杯威士忌，然後他打開通往陽台的門，我們就在陽台上坐下。他抽了根雪茄，說這是他的壞習慣。

我問他是否快樂。

「知足。」他聳聳肩膀說。

在這個夏夜，廣場周圍的長椅上坐了許多待在戶外的人——推著娃娃車的母親，一群年長男子帶了一箱啤酒。一個男孩在練習耍弄幾顆球，手法還不太熟練。我們看著他練習。

「你人生的發展和我當年想像的不同。」我說。

「是啊，也許吧。我們的行為是有後果的。」他說。「在我們還年輕的時候，我們並不知道這一點。要到日後才會明白。」

他吸了一口雪茄，煙霧在我們上方的溫暖空氣中消散。然後他述說了他的故事。

那時包曼三十三歲，專攻《債務清理法》，已經成功處理過幾樁案件。兩個月前，他剛成了事務所的初級合夥人。他花了很多時間工作，每個人都認為他前途一片光明。許多同事認為他傲慢，但他其實只是跟別人保持距離。

包曼正在鑽研一樁複雜的和解案，這時接待處的祕書小姐打電話來，通知他有並未預約的訪客。他對這番打擾感到有點生氣，但還是走出他的辦公室，搭乘電梯到一樓。當他走進會議室時，看見一個女子背對著書架站著，他和她握了手。她說她受到指控，說他得要幫她，一個熟人向她推薦了他。

在那之前，包曼只和女性有過幾段短暫的關係。這時他試著微笑，察覺自己臉紅了，手心冒汗。那個女子看起來就像六〇年代的模特兒：男孩般的體型，深色眼睛，一頭黑髮，瘦削的脖子幾近白色。包曼忽然覺得自己很骯髒，想起小時候他曾經在游泳池偷看過女生換衣服。他經手的案子通常涉及財產查封、待清算資產、財產目錄和取回權，他只在實習期間碰過刑事案件。包曼盯著那個女子的嘴巴，然後就失去了自主。他幾乎沒再仔細聽她說話，只要她在兩份刑事委任狀上簽名，並且記下了她的住址。當他站起來向她告辭，他弄翻了桌上的水瓶。他道了歉，笨拙地笑了。

當天下午，包曼向法官提出閱卷聲請，兩天後他請公司的信差去取回卷宗。案情聽起來很簡單，一如大多數的刑事案件一開始時一樣：一個富有的已婚男子有了外遇，這段關係維持了幾個月，然後他的妻子得知此事。為了拯救婚姻，男子必須和他的情人分手。在他們分手的那一天，從他的帳戶裡轉出了十萬馬克到他情人的帳戶，這件事被他妻子「發現」了。

案情到此是確定的，但是接下來雙方就各執一詞。男子聲稱他的情人——包曼的委託人——偷了那筆錢，並在他不知情的情況下私自匯了款；他說她是用他隨便擺著的已開機電腦轉的帳。包曼的委託人說這是謊話，說那筆錢是男子由於良心不安而送給她的告別禮物。

男方的指控除了他自己的說詞之外，毫無證據。匯款確實透過他的電腦進行，但是當然誰也說不準操作的人是誰。雖然這個金額即使對一個富有的人來說也是筆不小的數字，但這位女性委託人從來沒犯過什麼錯。她沒有前科，而且如同警察在檔案裡的評注，過著「規矩的市民生活」。

檢調機關下令搜索這名女子的住處，並且檢視了她的手機內容，找到了銀行文件、通知單、信件和照片，沒有什麼不尋常的東西。警方印出了儲存在她手機裡的簡訊，將近三百頁。這些簡訊也只證明了兩人的愛情關係，卻沒能證明那樁刑事指控。

包曼在事務所逐一檢視了檔案和證物，就像處理債務清償訴訟一樣仔細，還製作了清單、檔案摘要和注釋。幾個鐘頭之後，他發現了他要找的東西。在扣押紀錄第二十七條下面，警方登記了一本「筆記簿」，那本淺綠色的皮面小冊子被裝進一個活頁透明文件袋，夾在一個卷宗裡。到目前為止，警方都未將其內容影印下來放進卷宗，可能是因為調查人員覺得這本記事本無關緊要——包曼的委託人在小冊子的前三十頁只記著購物清單和待辦事項，和她被指控犯下的那樁罪行沒有任何關聯。

可是包曼做事很徹底，他逐頁詳讀那本記事本。從後半部起，記事本意外成了一本日記，記載了過去這幾個月的事。他的女性委託人在其中，以重點描述了這整起桃色事件。包曼尋找分手那一天的記載。日記記得很明確：出於憤怒、受辱和報復，她趁著他在飯店房間淋浴時從他的帳戶匯出那筆錢。「他得要付出代價。」她在日記裡寫道。

包曼搭車回家，泡了杯很濃的咖啡，開始閱讀裝著那對愛侶往來簡訊的檔案夾。起初他們小心翼翼，試探著對方，保持著禮貌。他風采迷人，她覺得受寵若驚，雙方都對彼此感興趣。他們逐漸變得更加坦率，然後更加親密。包曼沉浸在這對愛人的對話中。他們從不曾說錯話，每句話聽起來都發自內心。過了四個小時之後，包曼認為他完全了解這名女性委託人，他知道她對她情人提出的問題會怎麼反應，知道她喜歡什麼，什麼又令她不自在。他看見她受到的傷害，看見她柔軟和悲傷的一面。她站在他面前，赤裸而鮮活。「這一切我也能感同身受。」他心想。

快五點他才上床睡覺。幾分鐘後他又下床，把那些照片再看了一次。在一張照片上，她坐在一輛敞蓬車的前座，身穿淺色衣裳，戴著大鏡框的黑色太陽眼鏡和一頂草帽。包曼把這張照片帶進臥室，拿在手裡睡著了。

兩天後，他打電話給這位女性委託人，說他想和她談談這件案子。他花了一個小時說明證據情況——以這樁簡單的案情來說太過仔細。他把男方的陳述唸給她聽，把那些銀行文件和列印出來的簡訊檔案拿給她看。他把那本日記擱在她面前的會議桌上，盡可能加重語氣說，這些記載將會把她送上法庭，因此很遺憾地，沒有什麼合理的辯護能使她被宣判無罪。

包曼很清楚自己在做什麼，他事前考慮過每一句話和每一個動作。他看著他的委託人，等到他確定她聽懂了他說的話。

包曼離開會議室十分鐘，說他得去洗個手。在洗手間，他感覺到頸部的脈搏跳動，他在發抖。等他回到會議室，那本日記已經不在桌上了。他們還說了幾句無關痛癢的話，事後他不記得他們都說了些什麼。然後她站起來，準備告別。她俯身在桌面上，親吻了包曼的臉頰，小聲地說：「多謝了。」她搽的香水帶有鳶尾花、茉莉和香草的氣味，那是個承諾。他能看見她小小的乳房在她襯衫下若隱若現。

四週後，檢調機關中止了訴訟程序。決議裡說檢方提不出證明，除了男方的陳述之外，沒有其他證據能證明女方有罪。

包曼再度請那名女性委託人到事務所來。現在他很興奮。在會議室裡，他把檢調機關的決議唸給她聽，一邊心想：也許我聽起來太鄭重其事了。等他唸完，她點點頭。她穿著深藍色滾白邊的合身洋裝和深藍色的鞋子。他想起那些照片，他知道她赤裸時是什麼樣子。

包曼以為他的新生活就在此刻展開，也許她會提議和他一起去旅行，讓他驚喜。過去這幾個星期，他夜裡一再想像他們將一起前往那些城市——他曾在她日記和簡訊裡讀到的羅馬、佛羅倫斯、尼斯和倫敦。他存了足夠的錢，他可以照顧她，保護她。

他們站了起來。包曼快步走向她，把她拉向自己，親吻了她的嘴。這是他這輩子頭一次這麼大膽。

「你瘋了嗎？」她說，用兩隻手往他胸前一推。他失去了平衡，倒回椅子上。她俯視著他。有那麼一刻什麼也沒發生，他們都沒有移動，也沒有呼吸。然後她嘲笑了他。

「你也是一樣的豬玀。」她說。

那是包曼最後一次見到她。他從不曾因為那本失蹤的日記而遭到調查。沒有人知道那本記事本是在警方還是在法院的證物保管處遺失的，這種事偶爾會發生。由於檢調機關沒有人讀過那本記事本，他們就假定它反正無關緊要。

包曼停頓了好一會兒，然後說：「她說得沒錯。」又停頓了半晌：「如今我寧可旁觀。」

我們沉默地坐了一會兒。最後包曼說他得要休息了，他不習慣有訪客，而且總是在十點鐘上床睡覺。我把空杯子拿進他的廚房，就和他道別了。

在街上我又一次轉身，抬頭望向他的公寓。陽台的門已經關上，燈光已經熄滅。

41

在咖啡館裡，鄰桌坐著兩位老先生。因為他們的聽力已經不好，所以講話很大聲。

「今天真熱。」

「是天氣的關係。」

「你聽說了嗎？他們槍殺了一個醫生。」

「在哪裡？」

「在我們這兒。」

「啊。」

「那個人在裡面的時間比在外面多。」

「誰？」

「那個兇手。」

「在哪個裡面？」

「在精神病房。他腦筋不太清楚了，不知道他們為什麼把他放出來。」

停頓。

「你剛去了美國嗎？」

「不，寧可不要。」

「我母親住在加拿大。」

停頓。

「現在她死了。」

「誰？」

「我母親。我從來沒去過加拿大，我手腳不靈活。」

「我也不再開車出門了。」

「那邊的人現在槍斃黑人。」

「年頭不一樣了。」

「沒錯。」

停頓良久。

「在我們這兒也一樣。」

「啥？」

「在我們這兒也沒有比較好。」

「可是我們是在柏林。」

「但是也沒有比較好。」

「殺死那個醫生的兇手是黑人嗎？」

42

地方報紙事後將會報導：「本市最成功的鄉親盛大歡度七十五歲生日。」這個企業家是縣內繳稅最多的人。三十年前，他創立了一家連鎖速食店，如今在全國各地的城鎮幾乎都設有分店。

這位企業家向市長和國務祕書致謝，國務祕書是「專程」從該邦首府趕來。他和賓客握手，親吻他們的臉頰，對著攝影師微笑，開開玩笑。他的助理在他耳邊輕聲把賓客的姓名告訴他，大多數人的名字他已經想不起來了。

十多年前，他曾經因為一樁稅務刑事案件被拘留了幾天。在牢房裡待了一週之後，他開始閱讀一本用包裝紙加裝了封面的歌德詩集。當時他想要罷手，結束一切，展開新生活。在監獄的談話室裡，他說 listen 和 silent 這兩個英文單字由相同的字母組成。

在獄中，他的外套口袋裡也始終揣著一張褪色的拍立得照片。他說照片上的人是他的父母、伯伯和小時候的他。照片是他十二歲生日時，在他伯伯所住的一家飯店裡拍的。當時他父母和他搭乘地鐵到市中心去。他母親穿著一件淺色洋裝，戴著一條由彩色石頭串起的項鍊，他父親則繫著領帶。他對他們在這一天打扮得都很好看感到很自豪。

在飯店裡，起初他們沒有找到餐廳。一名身穿黑色禮服、表情嚴肅的服務生向他們鞠了個躬，帶他們到一張桌旁。他從未見過這樣的服務生，和這麼挑高的室內空間。桌上鋪著白色桌布，擺著銀壺、銀碟和銀托盤，就連餐具都沉甸甸地。桌上立著多層點心架，擺著黑色和白色的巧克力慕斯、各式小蛋糕、去皮的柳橙和奇異果、深色蜂蜜、優格、黃瓜片、鮭魚和辣根醬。和他的父母不同，那位伯伯十分富有。伯伯給了個信號，就有人端來一個插著十二支蠟燭的巧克力蛋糕，大廳中甚至有幾個客人拍起手來，祝他生日快樂。服務生把一台擺著冰桶和香檳的小推車推到桌旁。這名服務生穿著潔白無瑕的襯衫，繫著黑領結，戴著黑色袖扣，用一條餐巾裹住香檳酒瓶的金色頸部，拿掉了罩在軟木塞上的鐵絲扣，無聲地開了瓶。他被准許喝一小口，酒杯很薄，杯口飾有一圈金邊。他父親請服務生用拍立得相機替他們拍張照。他坐在椅子上，大人站在他的椅子後面。

那些顏色如今在這張照片上當然是看不出來了，他說，但事實上當年那座大廳裡的光線是金色的。他母親把手擱在他額頭上，說他發燒得厲害。回程中，他就只一再重複地說他將來想要擁有一家飯店，再也沒有任何人、任何事能使他放棄這個願望。

當時在監獄中，這位企業家說他的那些速食餐廳如今令他深感厭惡。油炸鍋的氣味、光滑的耐磨地板、固定住的仿木桌子——這一切好幾年來都令他作嘔。他只想再看見光線柔和的空間，那裡也要有白色桌布、銀製餐具、香檳和來自異國的水果，就像當年一樣。他的顧客應該是他樂於款待，也值得款待的人。他說一等他出獄，他就要買下一間豪華飯店。就算會令他所有的家人大吃一驚，他也已經決定要徹底改變他的生活。他已經下定了決心，在這裡，在這個監獄牢房裡，他把一切都想清楚了，他總算要去做對他而言是正確的事。

接待會場在市政府的禮堂。他的孫子站在他身旁，緊緊抓著祖父的褲管。雖然他不太能吃含糖的食物，但當服務生端來一塊鮮奶油蛋糕時，他仍接下那個碟子。他的情婦比他年輕三十歲，他們在一起已經十五年了。當他和她上床，他害怕自己聞起來像個老人。情婦沒有來參加接待會，因為他太太會受不了。

碟子忽然從他手中掉落，鮮奶油「啪」地落在他晶亮的黑皮鞋上。他脫掉西裝上衣，上衣順著他的身體滑到地板上。禮堂裡一片寂靜。他的孫子感到害怕，哭了起來。

企業家快步走進旁邊一個房間，任由房門敞著，大家都目送著他。在房間裡，他扯下身上的襯衫，大聲呻吟。他胸前和背上的毛髮都白了，他變瘦了，在化療期間他瘦了二十公斤。

他女兒撿起了他的西裝上衣，跟著他跑進房間，把門在身後關上。禮堂裡的賓客慢慢又開始談話，有人播起了音樂，是舒伯特的《鱒魚五重奏》。

我走出戶外到停車場去抽根菸。半小時後，那位企業家出來了，他用一隻手捏住沒扣上的襯衫，他女兒將他的西裝上衣搭在手臂上，她兒子則拉著她的洋裝。企業家走向他的座車，司機替他打開車門。他在我旁邊站了一會兒，小聲地說：「我被騙了，這該死的人生，一切都發生得太快了。」

43

參加派對需要天分。我沒有這種天分，我的感覺總像是《大亨小傳》裡的尼克．卡拉威：

我一到就試圖找尋派對的主人，但是問過兩、三個人主人在哪兒，他們都驚訝地看著我，矢口否認知道主人的行蹤，我只好悄悄走向擺放雞尾酒的桌子——在這座花園裡，只有這個地方能讓一個單身男子逗留，而不至於顯得孤單茫然。

到了某個時候，你還是會碰見一個你認識的人，而認錯人的情況也一再發生。這幾年來，男士在打招呼時也會互相擁抱，通常都會在對方的背上拍好幾下。因為音樂聲音太大，大家都對彼此大吼大叫。那些話語聽不出意義，而你會感到尷尬，因為一個女子說「幸會幸會」，而你聽到的卻是「幸虧幸虧」。當你還在思考這句話的含意，來了一位脖子上掛著好幾具相機的攝影師，迅速地用閃光燈拍下幾張照片。在那之後你有好幾秒鐘什麼也看不見，把杯中的飲料灑了出來，而那個說「幸虧幸虧」的女子已經又不見了。也許她還說了她不能再站下去了，還是說她現在得要走了，或是說她要招認了。這整件事令人迷惑，但是現在這也無所謂了。現場愈來愈吵，人愈來愈多，一個知名歌手哭著引用一段洗潔精廣告，兩個年輕女子穿了一模一樣的衣裳，而一個男子說他剛和普丁裸身騎馬穿過蒙古。

很久以後，我又想起蓋茲比[68]的情人，想著她的世界裡充滿了蘭花和樂隊，樂隊決定了那一年的節奏，在新的旋律中納入了人生百態和所有的悲傷。

68 蓋茲比（Jay Gatsby）即《大亨小傳》的主角。

44

倫敦一場舞台劇首演之後的晚宴，我坐在一位年輕的歌劇演唱家旁邊。幾星期前，她在英國最知名的歌劇舞台柯芬園的皇家歌劇院，首次盛大登台。她演唱了莫札特歌劇《唐喬凡尼》中的安娜小姐一角，是個吃重的角色。觀眾和樂評家都為她喝采。

她說十五年的養成訓練全是苦工，先是在鄉鎮和小型音樂節上演唱，一小步一小步地積累，才終於登上柯芬園的舞台，開啟了她的國際演唱生涯。她出身倫敦近郊的一個城鎮，父親是公車司機，母親在一家小雜貨鋪幫忙。她說她就只是湊巧被她就讀的那所公立學校的合唱團指揮給發掘。

在她登台演唱的兩週前，她打了電話給她父親，請他來聽。他問演唱會何時舉行，她說：「禮拜五。」他答道：「禮拜六會比較好，找停車位比較容易。」

45

那位委託人的妻子打電話給我，說她丈夫就快死了，要我再去探望他一次，他還有些話非對我說不可。

我不喜歡搭飛機，人太多，氣味也太多。三個小時之後，那座城市出現在機翼下方，右邊是大海。阿爾戈英雄[69]在此處的暴風中，損失了十艘船中的第九艘。赫拉克勒斯發現它撞毀在海岸邊。他在那裡建立了一座城市：Barca Nona，意思是第九艘船，也就是巴塞隆納。

那位委託人的宅邸位在這座城市的高處。一名身穿制服的守衛對著無線對講

69 「阿爾戈英雄」指希臘神話中的船隻阿爾戈號的船員，他們追隨王子伊阿宋出海去尋找金羊毛。

機大聲喊出我的名字，然後計程車就穿過一條兩旁種著老柏樹、長長的林蔭道，一直駛到屋前的露天台階。委託人的妻子在門廳迎接我，她的雙手冰冷。她帶我到她垂死丈夫的房間。他在昏暗中躺在床上，臉部消瘦，鬍碴泛白。他太太說那些維生器材今天早上被移走了，它們無法再維持他的生命。

許多年前我曾經替這個男子辯護過，那時他充滿了活力。他成立了一家工程公司，後來投資了一家研究把人腦數位化並載入電腦的公司。當時他說：「用這種方式我們就能永生不死。」現在他已經認不出我了。他太太說，他拒絕再接受其他治療，因為它們無法治癒他，只是延長他的痛苦。她說他今天清晨就失去了意識，醫生說他在這幾個小時之內就會死亡。她說她很抱歉讓我跑這一趟，可惜她不知道他為什麼想跟我說話。

在樓下的大客廳裡坐了很多人。有咖啡和烤杏仁酥。我認出了公司的法律顧問，一位強硬、高雅的女士。我向她問起這位委託人所投資的那家軟體公司。她笑了。「永生不死那件事嗎？不，那件事沒成。這些搞電腦的人如今相信科技，就像從前的人相信上帝一樣。他們等待著人工智慧的來臨。它將會憐憫我們，將我們從人類的不完美中解救出來。在矽谷，這些提倡新科技的人叫作『傳教士』。」她說，「您知道他讓人把他的DNA冷凍起來嗎？」

在我們出生時有一支箭朝我們射過來，而在我們死亡的那一刻追上我們。在搭機返回柏林途中，在我快要睡著之前，我想起馬可·奧理略[70]的《沉思錄》。他寫道，亞歷山大大帝和替他趕騾子的人最終走上同一條路。

70 馬可·奧理略（Marc Aurel, 121-180），古羅馬帝國皇帝，也是斯多噶學派的哲學家，名符其實的「哲學家皇帝」，是歷史上少見的賢君。《沉思錄》是他在位期間所寫的札記，記錄了他對人生的思考。

46

咖啡館的椅子擺在戶外，我那條街美髮院的老闆娘坐到我這一桌來。她說她注意到某件奇怪的事，現在非說出來不可：每天都有一位先生站在她的櫥窗外面。他大約七十多歲，衣冠楚楚，穿著西裝外套和大衣，拿著一支黑色銀把手杖。他總是在將近一點的時候來，然後在櫥窗前站上半個小時。這種情況已經有好幾個星期了。

後來她問他，是否有她可以效勞之處。他很有禮貌，說不，不，他只是很喜歡看她替那些女性顧客洗頭髮。他用的確切措辭是：「您摸那許多頭髮的方式很美。」她覺得「許多頭髮」這個說法很好笑。她說她不知道這個人危不危險。他看起來不危險，一點也不，他是位儀容整潔的老先生，但是她還是會想她該不該報警。今天他又來過，隔著窗戶看著她，向她點點頭。「這種事實在不正常。」

她說。然後她繼續說話，每一個話題大約講上四十秒：新出品的染髮劑、難民政策、在戲院上映的一部電影、女兒的大學課業、希臘該不該退出歐盟。我擱下報紙，付了咖啡錢。

一八八六年，精神病科醫生克拉夫特—艾賓[71]描述過一個罕見的病例：一對年輕夫妻結婚之後，丈夫在頭兩夜就只有親吻妻子並且「弄亂」她的頭髮，然後他就睡著了。在第三夜，他請求妻子戴上一頂長長的假髮。「她一戴上，他就好好彌補了之前未盡的婚姻義務。」這位精神病科醫生寫道。從那以後，這個丈夫總是帶著一頂假髮，他會先撫摸這頂假髮，然後再替妻子戴上。妻子一摘掉假髮，「對她丈夫就失去了所有的吸引力」。每一頂假髮都只有十到十二天的「效期」，之後就會被更換，而且總是必須要「髮量濃密」。在這樁婚姻的頭五年中，產生了兩個孩子，以及一批假髮收藏——共七十二頂。

---

71 理查．馮．克拉夫特—艾賓（Richard von Krafft-Ebing, 1840-1902），德奧裔精神病學家，被視為性學研究的創始人。

47

據說一位「極端藝術家」在巴黎孵化一打雞蛋。他坐在一個樹脂玻璃箱裡，直到孵出小雞，那要花上二十一天到二十六天。行人可以觀看他孵蛋，總統也去看過。這個所謂的極端藝術家說，這是第一件使用活生物的作品。他在媒體上宣告將來還會有後續作品。

48

在買賣合約上註記著：

> 合約標的物是部老爺車。該出售物在出貨時是件工業產品，製造商所設想的使用壽命是十到十五年。該出售物在此一合約簽訂時車齡四十六年，因此早已超過製造商所預設的使用壽命。

每個人都勸他不要買這部車。沒錯，如今的人感興趣的是手機、人工智慧和再生能源。再過幾年，自動駕駛車就會出現，這種車將會由電力或氫燃料推動，也不再需要方向盤，而且這種車會比由人類駕駛的車更為安全。屆時，老爺車就會像是走在一九二〇年代街道上的十九世紀馬車一樣，完全是沒有意義的古董。

他買下的這部賓士／8（Mercedes-Benz/8），是根據一九六八年來命名，它在那一年首次被打造出來。它看起來就像是小孩子畫的汽車或帽子，由保羅・布拉克[72]在一九六〇年代中期設計而成。布拉克是個年輕的法國人，也許是他那個時代最有天分的汽車設計師。這部車與之前所有的款式截然不同，不走閒適風，也不走巴洛克風格；它不是有著四個輪子的客廳，而是一部中型車，舒適，但是嚴謹而且務實。車輛的基本配備很簡陋，大引擎和每一個額外配件都很貴，不過顧客已經可以訂購頭靠、安全帶、電動車窗、「暗色隔熱玻璃」和空調裝置。

這款車型大獲成功，生產了將近兩百萬輛。這些車輛老舊之後換成大學生在開，技術和引擎經久耐用。最後一批二手車被出口到非洲去，在該處往往繼續被當成計程車使用，因為它們容易修理，甚至耐得住沙漠、塵土和炎熱。

這部車原先屬於加州洛杉磯的一位年長女士。文件中記載著，一九七二年時還是個年輕女子的她，讓賓士在車廠裡先開順這部車，並在她接收之前做了第一次的保養。起初，她駕著這部車長時間在歐洲各地旅行，後來它被裝運上船，運回了她的家鄉。

修車廠的人跟他說，沒有人會將這麼一部普普通通、無聊乏味又沒有價值的老車送來修復。說這部車沒有轉售的價值，他所投入的每一分錢都是白白損失。還說如果他想要一部老車，應該要挑選比較拉風的款式。一輛「鷗翼式車門」會是最佳選擇，或者至少是一部 Pagode 敞篷車。但他不想。不，他對修車廠老闆說，他就是喜歡那些遠遠超出預定壽命的東西。沒有人還看重這部車，這正是他喜歡它的地方。再說他也沒打算轉賣，這是他的最後一部車，他打算能開多久就開多久。修車廠老闆認為他瘋了，但還是接受了他的委託。

六個月後，他搭機前往南德取車。柏林的出境大廳狹窄而且人滿為患，他只能站著。一個男子用一張紙在清潔牙齒，一個女子背著一個紅色背包，上面寫著「格陵蘭」。他一再被人推擠。

他計畫了一場長途旅行，打算駕車穿過這古老且疲憊、他相信了那麼久而此刻正在崩解的歐洲。在飛機上，他讀到 LV 最初的成功產品。如今，這家公司也

---

72 保羅・布拉克（Paul Bracq, 1933-），法國頂尖汽車設計師，曾設計過賓士、寶馬、雪鐵龍和標緻汽車，他的作品被視為藝術品，在世界各地展出。

把超大的商標印在鞋子、太陽眼鏡和香水上，但是該公司在上個世紀初就只製造皮箱而已。他們在一九〇四年設計出的一款皮箱被稱為 Ideal，那是個附有小抽屜和配件的衣櫃式行李箱，能夠容納一整個星期所需要的行裝：一件大衣、兩套西裝、幾件襯衫、鞋子、內衣和襪子。一個旅人不需要更多東西，製造商當時這麼保證。

飛機降落後，他搭上一部計程車。女司機載他到修車廠去。她說她來自斯洛維尼亞的盧比安納（Ljubljana）。她說她想念那裡的咖啡館、市中心的果園、那條河和那些美麗的橋梁。「盧比安納」從她嘴裡說出來聽起來總像是德文的「歡呼」（Jubel），她說盧比安納和一般人想像中完全不同，是座非常現代化的進步城市。她說在這裡她就只是勉強度日，但不久之後她就能回到她的城市，和她的家人身邊。她說個不停，一種使人心安的吟唱，他打起瞌睡。他想起 Ideal 那款皮箱，此刻他攜帶的東西也沒有多多少。儘管如此，他希望這將成為他這輩子最長的一趟駕車旅行。這一切當然都很荒唐，他想，這部老車、這少許行李、這趟長長的旅程，以及他對歐洲的眷戀。

別溫順地走入安息的長夜
在遲暮的老年也要發光發聲[73]

他們抵達時，來自盧比安納的女司機叫醒了他。修車廠老闆親切地接待他，把那輛修復的車子交給他，向他仔細說明一切。然後他發動引擎，駛離修車廠。他避開高速公路，駛上鄉間道路。不久之後，他就看見閃亮的田野，玉米、苜蓿、油菜，還有一再出現的黃色荊豆。有兩次，褐灰色的山鶉從一片田地上飛起。有那麼一刻他以為那是衝著他來的。

這部車開起來很順。他試著回想他這一生何時是快樂的。也許是兒時，早晨在那棟老屋的床上，通往走道的門開了一條縫。在半睡半醒中，他聽見晨間那些熟悉的聲響，那些他認得的人聲。有人在整理房間，有件東西在屋裡被搬動，

73 出自英國詩人狄倫·湯瑪斯（Dylan Thomas, 1912-1953）〈別溫順地走入安息的長夜〉（Do Not Go Gentle into That Good Night）一詩。

門窗被打開又關上，餐具噹啷作響，父親在樓下的大廳裡斥罵狗兒。他總是在等待，但不知道自己在等什麼。他很確定自己虛度了一生，但是他別無選擇。

一九四二年二月二十三日，女傭在史蒂芬．茨威格和他妻子洛蒂的臥室裡，發現了他們的屍體。他仰躺著，雙手交疊在胸前；洛蒂依偎在他肩頭，左手握住他的右手。茨威格先服用了過量的安眠藥，洛蒂等到他死了才服毒自盡。他留下一封遺書：「我向我所有的朋友致意！但願他們還能看見長夜過後的曙光！我這個過於性急的人要先走一步了。」

茨威格的著作當時賣出了幾百萬冊，他很富有，持有英國護照，安全無虞。許多流亡海外的德國人不懂他為何自殺，一如他們也不理解他在政治上的保留。茨威格死後一週，托瑪斯．曼在日記中寫下他認為這樁自殺「愚蠢、軟弱而且可恥」。

托瑪斯．曼錯了，他想。誰也不願意在旁人身上看見自己已經克服的危險。他曾在巴勒摩的一個日晷上讀到一句拉丁文：*Vulnerant omnes ultima necat*——分分秒秒都傷人，最後一刻要人命。這一刻何時到來並不重要。我們並沒有活下去的義務，每個人都以自己的方式失敗。

他開車開得累了，把車子停在一座小城的一家咖啡館前面。那一天熱得要命，他很慶幸車上有空調。此刻熱度稍降，下午的陽光使小城浸浴在流動的琥珀色光線中。他坐在咖啡館前面，在人行道上背光的此處舒適宜人。種在綠盆裡的月桂樹叢，擦得晶亮的窗玻璃，一家有鑄鐵招牌的藥局；一條狗在街道中央的噴泉前打盹，把紅舌頭和白肚皮擱在鋪石路面上。

一對情侶站在一個櫥窗前面。當他們想再往前走，那個年輕女子抓住她男友的手臂，蹲下來，替他繫好鞋帶。

幸福是一種顏色，而且總是只有一瞬。

The Eurasian Publishing Group
圓神出版事業機構
用心與你對話・網野無限寬廣
先覺出版社
Prophet Press

www.booklife.com.tw
reader@mail.eurasian.com.tw

人文思潮 141

一個明亮的人，如何能理解黑暗？

《罪行》德國律師的思索

作　　者／費迪南・馮・席拉赫（Ferdinand von Schirach）
譯　　者／姬健梅
發 行 人／簡志忠
出 版 者／先覺出版股份有限公司
地　　址／台北市南京東路四段50號6樓之1
電　　話／（02）2579-6600・2579-8800・2570-3939
傳　　真／（02）2579-0338・2577-3220・2570-3636
總 編 輯／陳秋月
資深主編／李宛蓁
責任編輯／蔡忠穎
校　　對／蔡忠穎・李宛蓁
美術編輯／劉鳳剛
行銷企畫／詹怡慧・黃惟儂
印務統籌／劉鳳剛・高榮祥
監　　印／高榮祥
排　　版／陳采淇
經 銷 商／叩應股份有限公司
郵撥帳號／18707239
法律顧問／圓神出版事業機構法律顧問　蕭雄淋律師
印　　刷／祥峰印刷廠
2020年4月　初版

定價 310 元　　ISBN 978-986-134-355-6

我們必須理解我們如何成爲今日的我們，也必須理解我們可能再度失去什麼。當我們發展出意識，並沒有什麼理由顯示，有朝一日我們的行事原則會與我們的猿人祖先有所不同。……我們爲自己制訂了法律，建立不偏好強者，而是保護弱者的道德規範。這就是使我們身而爲人的最高意涵：對他人的尊重。

——費迪南・馮・席拉赫

國家圖書館出版品預行編目資料

一個明亮的人，如何能理解黑暗？——《罪行》德國律師的思索／費迪南・馮・席拉赫（Ferdinand von Schirach）著；姬健梅 譯.
--初版.--臺北市：先覺，2020.04
208面；14.8 × 20.8 公分.--（人文思潮；141）

譯自：Kaffee und Zigaretten

ISBN 978-986-134-355-6（平裝）

875.55　　109001863